문학과지성 시인선 538

당신의 아름다움

조용미 시집

문학과지성사

문학과지성사에서 펴낸 조용미의 시집

삼베옷을 입은 자화상(2004)
나의 벌서에 핀 앵두나무는(2007)
기억의 행성(2011)
초록의 어두운 부분(2024)

문학과지성 시인선 538

당신의 아름다움

초판 1쇄 발행 2020년 3월 31일
초판 6쇄 발행 2024년 7월 2일

지 은 이 조용미
펴 낸 이 이광호
주   간 이근혜
편   집 박선우 최지인 이민희 조은혜
펴 낸 곳 ㈜문학과지성사
등록번호 제1993-000098호
주   소 04034 서울 마포구 잔다리로7길 18(서교동 377-20)
전   화 02)338-7224
팩   스 02)323-4180(편집) 02)338-7221(영업)
전자우편 moonji@moonji.com
홈페이지 www.moonji.com

ⓒ 조용미, 2020. Printed in Seoul, Korea

ISBN 978-89-320-3613-7 03810

이 책의 판권은 지은이와 ㈜문학과지성사에 있습니다.
양측의 서면 동의 없는 무단 전재 및 복제를 금합니다.

이 책은 서울문화재단 2020년 창작집 발간 지원사업의 지원을 받아 출간되었습니다.

이 도서의 국립중앙도서관 출판예정도서목록(CIP)은 서지정보유통지원시스템 홈페이지
(http://seoji.nl.go.kr)와 국가자료공동목록시스템(http://www.nl.go.kr/kolisnet)에서
이용하실 수 있습니다. (CIP제어번호: CIP2020011840)

문학과지성 시인선 538

당신의 아름다움

조용미

시인의 말

바람 아래를 바라보며
바람 위에 서 있다

과거가 아닌 현재가
심연이다

2020년 3월
조용미

당신의 아름다움

차례

4부

해설

1부

비가역

창밖으로 자동차 소음이 끊임없이 들어오는 낯선 곳에서 나는 당신을 생각하지 않는다

잘 읽히지 않는 이 책의 한 페이지에서 여러 번 책장을 덮었다 다시 펼칠 때 나는 당신을 생각하지 않는다

들길을 걷다 노랑꽃창포와 골풀이 피어 있는 습지를 만나고 거기서 고라니가 뛰어나오는데 당신을 떠올릴 겨를이 없다

어떤 깊고 얕은 풍경 앞에서도 나는 당신을 떠올리지 않는다

이렇게 많은 것들이 온전히 다 나의 것이었다니

이제 나는 당신을 생각하지 않는다 당신을 생각하지 않으니 당신을 떠올리지 않아도 되는 한가함이 더해진다

당신을 생각하지 않자 새로운 일이 일어난다 당신을 생각하지 않는 새로운 일과는 또 다른 새로움이 생겨난다

알비레오 관측소

알비레오 관측소에 가서 별을 보고 싶은 두통이 심한
밤이다

거문고자리의 별을 이어보면 이상하게도 물고기가 나
타나는 것처럼
　지금의 나를 지난 시간의 어느 때와 이어보면 내가 아
닌 다른 사람이 나타난다

그걸 보려면 더 멀리 바깥으로 나가야 한다
그렇게 멀리 갔다 되돌아와도 여전히 나일 수 있을까

지금은 단지 고열에 시달리고 있고 생의 확고부동과
지루함에 몸져누웠을 뿐이다

입술이 갈라 터진 것뿐인데 아는 말을 반쯤 잃어버린
것 같다
　아무래도 좀더 먼 곳에서, 거문고자리의 물고기를 발
견하듯 이 두통을 관찰할 필요가 있다

일치하기 힘든 몸이고 살이다
알비레오 관측소까지 가야만 하는 고단한 생이다

아주 멀지는 않다, 두어 번 더 입술이 터지고 신열을
앓다 봄의 꽃잎처럼 아주 가벼워지면 될 것을

몸이 돌이킬 수 없는 어떤 다른 자리로 가버릴 수도
있다
살이 기억을 야금야금 잡아먹는다

나는 여기서 지난 슬픔을 예견하고 다가올 사건을 복
기해보며 내게 주어진 고통과 대면하겠다

모든 통증은 제각기 고유하다 백조가 물 위를 날아가
듯 천천히 여기, 이 자리에서 회복되고 싶다

당신의 아름다움

당신은 늘 빛을 등지고 있다
내가 만든 구도이다

당신의 아름다움은 객관적이어야 한다

당신은 당신 자신을 넘어서야 한다 더불어
당신의 아름다움은

윤리적이어야 한다

당신은 최종적으로 아름다워야 한다

당신의 아름다움은
빈틈없어야 한다

당신의 아름다움은
고독한 사건이 되어야 한다

당신의 아름다움은 나로부터 발생한다

당신의 아름다움은 내게 늘
가장 큰 시련이다

당신 뒤에는 빛이 있다
당신은 빛을 조금 가리고 있다

연두의 회유

당신과 함께 연두를 편애하고 해석하고 평정하고 회유
하고 연민하는 봄이다

물에 비친 왕버들 새순의 연둣빛과
가지를 드리운 새초록의 찰나

당신은 연두의 반란이라 하고 나는 연두의 찬란이라
했다 당신은 연두의 유혹이라 하고 나는 연두의 확장이
라 했다

당신은 연두의 경제라 하고 나는 연두의 해법이라 했다

여러 봄을 통과하며 내가 천천히 쓰다듬었던 서러운
빛들은 옅어지고 깊어지고 어른어른 흩어졌는데

내가 아는 연두의 습관
연두의 경계

연두의 찬란을 목도한 순간, 연두는 물이라는 목책을

둘렀다

저수지는 연두의 결계지였구나 당신과 함께 초록을 논
하는 이 생이 당신과 나의 전생이 아닌지도 모른다

내가 없는 거울

자다 깨어 거울 앞 지나다 얼핏 보니
내가 보이지 않는다
어둠 속에서 잠깐 잘못 본 건가
다시 거울 앞으로 가기가 겁이 난다

거울 속의 나는 통증을 알지 못하여
이 시간까지 책상에 앉아 있다가
잠시 방심하고 내가 자고 있는 사이
자리를 비운 것이다

멀쩡한 몸을 감당하지 못하는 따분함도
그 아무 일 없음의 열락도 차마 모르는,
몸의 비루함을 자세히 알지 못하는
순정한 내가 저기 있다

여태 그가 보여주는 것만 보았다
누군가 아마도 약간의 죄책감을 느끼며 살고 있을
진지함을 가장한 저 세계는
지금 이 순간의 나와 가장 먼 거리에 있다

일어나 거울을 들여다보아야겠다
나와 마주치기 꺼려 하는 차갑고
말이 없고 고독하고
복잡한 내가 저곳에 있다

몸을 씻고 나면 늘 마주 보게 되는
그 시간만은 정확하게 잊지 않고 나타난다
거울 속엔 몰래 사는 것들이 많다
내가 없는 거울을 들여다보아도 되는 걸까

푸르고 창백하고 연약한

빈소에서 지는 해를 바라본 것 같다
며칠간 그곳을 떠나지 않은 듯하다

마지막으로
읽지 못할 긴 편지를 쓴 것도 같다

나는 당신의 얼굴을 오래 바라보았다

천천히
면목을 덮었다

지금 내 눈앞에 아무것도 없다

당신의 길고 따뜻했던 손가락을 느끼며
잡고 있다

우리의 마음은 얼마나 깨지기 쉬운 것이었으며 우리의
다짐은 얼마나 위태로웠으며 우리에게 허락된 시간은 얼
마나 초라했는지

푸르고 창백하고 연약한 이곳에서

당신과 나를 위해 만들어진 짧은 세계를
의심하느라

나는 아직 혼자다

눈동자의 고독

떨리는 눈꺼풀에 불두화 꽃송이를 끌어 당겨와 얹어
본다
불두화 푹신한 꽃들이
몸의 열을 조금 나누어 가진다

속눈썹을 움직여보니 꽃송이 안에 이상한 세계가 있다
이런 식으로 저들의 영역을 엿보려 했던 건 아니다

불두화들에겐 내가 알 수 없는 감정이 있다

둥근 꽃송이 안에 들어 있는 작은 꽃들
작은 꽃들 안에 들어 있는 더 작은 꽃들 더 작은 꽃들
안에 들어 있는
목성처럼 커다란 장소를 생각도 하지 않았는데

생각한 것처럼, 보였다

들어가볼 수 있을까
불두화 속은 내가 볼 수 없었던 눈동자, 내가 감각할

수 없었던 피부, 내가 보아서는 안 되었던 우물의 속

　눈꺼풀 위에 불두화를 올려놓고

　고개를 들고 눈을 감고
　반쯤 감고, 고요하게 소용돌이치는 노랗고 파르스름하
고 어룽거리는
　불두화 속 마주 보는 눈동자의 고독을 생각해보았는데

불귀

아무 일도 일어나지 않았는데 모든 일이 다 일어난 것 같다, 이렇게 하루를 요약해본다 우리에겐 은유가 절실하다 눈 밑에 검은색이 웅크리고 있다 오늘은 가득 차서 부푼 달, 윤달 구월, 다시 겨울이 온다 시간과 공간이 슬쩍 뒤섞인다

미혹과 깨달음을 끊임없이 반복한다 여름 가을 겨울이 쉼표도 없이 의문도 없이 차례로 밀려온다 어김없이 모든 것이 반복된다 눈이 오고 또 비가 내린다 어둠이 찾아왔다 물러난다 사람을 얻었다 잃는다 풀이 시든다 꽃이

피고 진다 이 지루하고 장엄한 우주적 반복에 안심이 된다 여기엔, 불안이 없다 여기엔, 그 누구라도 몸을 숨길 만하다

내가 살고 있는 이 행성에 겨울이 다시 찾아온다 당신은 어디에 있나 내가 이곳을 버리고 떠나기 전에 당신은 오지 않겠지 당신은 나를 찾아 수 세기를 떠돌겠지만

나는 이 자리에서 꼼짝도 하지 않고 나였던 당신을 기다
릴 테다 내 앞만 뚫어지게 바라볼 테다

  은목서에 꽃이 피려면 어떤 다른 시간이 필요하다

  눈에 보이고 만져지는 이 모든 것이 금방 또 사라질
텐데, 당신과 나는 자꾸 만나지 못하지 은목서꽃이 피어
만나지 못하지 은목서 흰 향기가 당신 이름을 지나 머뭇
머뭇 내게로 와도 우린 알지 못하지 기어코 알지 못하지
내 기다림이 언젠가 이 어둠을 돌파할 수 있을 때까지

운구차

우리는 운구차를 타고 있다
운구차를 타고 간다
오래 갔다
운구차는 어딘가로 계속 가고 있다
검은 리본은 겸손하다

셀 수 없는 거리와 집들이 멀리 줄지어 지나갔다
우리는 운구차 안에 있다
창밖은 어둑해지고 우리의 얼굴은
검은 유리창 위로 여럿이다
우리는 아무 말이 없다

내가 듣는 것, 느끼는 것, 숨 쉬는 것, 만지는 것이
모두 다 느리다

정지 화면을 이어놓았다
운구차는 같은 시간을 달린다
운구차는 낡았다
이제 아무것도 컴컴한 창으로 떠오르지 않고

운구차는 봄바람처럼 덜컹덜컹, 또렷하고
느리고 느리다

나 혼자다

묵매도

내 앞에 아른아른 떠 있는 저 여린 색들은
이 봄을 규정한다 지금 여기 이곳을 자주 비우는
내 삶을 규정한다
여름과 겨울의 감각을 내정한다

지난겨울 천의와 박대를 휘날리며 허공을 날고 있는
단집의 비천상을 고개 젖혀 오래 바라보았다 어둑한 붉
은색과 희고 푸른색들은 장엄하였으나 슬픔은 줄어들
지 않았다

옥룡사 터 동백 숲 떨어진 붉은색들이 일제히 향한
쪽으로 내 운명을 짚어볼까 잠시 망설였다 무덤이 사라
지고 탑이 들어선 자리는 너무 환해 그곳으로 나가지 못
했다 밝은 곳의 붉은색들은 희미해져가고 사라져가고

내 발아래 붉은 꽃들은
뭉개어지는 빛들은, 목이 메어
자꾸 어두워졌다

고택의 엎어놓은 장독에 매화나무 가지 그림자가 어
려 굵은 사선의 무늬가 생겨났다 늙은 매화나무가 강한
필세로 그려놓고 내가 발문을 쓴 귀한 묵매도 한 장 얻
어 온 후 신기하게도 이 봄의 슬픔은 약간 줄어들었다

미시未示

몇 해마다 주기적으로 반복되는 꿈이 있다면
꿈에서 꿈을 꾸며 기시감을 느낀다면
미래는 과거의 어느 지점과 연결되는 걸까

오래전 죽은 사람의 글을 읽다 깨어나고
차를 마시다 엎드려 잠든 줄 알았는데
죽어 있다면, 다시
꿈을 꾸기에 좋지 않은 상태임을 깨닫게 된다면

잎사귀 아래 숨어 다닥다닥 열린 뜨거운
열매가 앵두라면, 갑자기 길 한가운데 나타난
물컹한 붉은색의 다정함이 불길하다면

앵두가 익어서 붉게 매달린 것이
누구의 잘못도 아닌데,
앵두가 익어가는 것이 꿈이 아닌데,
어쩐지 믿기에 이 모든 것이 쉽지 않다면

손등의 핏줄을 가만 눌러보는 일이,

반복되는 이 모든 것이 몇 해마다 처음이라면
내가 영영 죽지도 태어나지도 않는
이것이 아직도 일어나지 않은 일이라면

멈추어 있는 밤의 시간

상한 냄새가 훅 끼쳤다

이 세계의 허물어진 빈틈으로 목련 상한 잎들과 내
얼굴이 빨려 들어간다

나무 위에서 서서히 곪아가는
길고 흰 손목들

기다림 때문에 이를 꽉 무는 습관이 생겨났다

꽃들이 피어나는 어둠과 바람 속에서 우리는 물고기
처럼 헤엄쳐 다닌다

울지 않았던 울음이, 사라지지 못하고
몸의 어딘가에 숨어 있다가 조금씩
끓어오르고 있다

물의 입구에서 우리는 눈을 떴다 하얀 치어들이 창밖
을 헤엄쳐 지나간다

아름다움이 확장될수록 슬픔이 깊어진다

낯선 도시의 국도 변, 운전석에 끼어
한 방울씩 떨어지는 피를
묵묵히 바라보며

멈추어 있는 밤의 시간이 지나가기를 기다린다

황금측백

황금측백을 오래 가까이에서 들여다보았다
황금측백은 공포심이 느껴질 정도로 생생하고 무언
가 말하고자 하였으며
살아 있었다

황금측백엔 별사탕 같은 꽃이 피어 있다
우박을 맞은 듯 피어 있는 꽃

황금측백의 생생함이 내게로 돌진해왔다 황금측백에
는 별사탕 같은 꽃이 피어 있다

무엇이든, 끝이 오면
아무것도 없이
정말 모든 것이 끝나버리는 것이 좋다

죽은 자들은 내게 아무것도 요구하지 않는다
죽은 자들은 내게 그들에 대해 아무것도 상상하지 않
을 것을 요구한다

황금측백의 뒤에서 누군가 바라본다

죽은 자들은 아름다움의 중간 영역에 들어가려 한다
황금측백처럼, 하지만 무엇이든 끝이 오면
정말 모든 것이 끝나버리는 것이 좋다

2부

봄, 심연

회천 청매 보러 갔다 구불구불 먼 길 긴 메타세쿼이
아 길 만났다 녹차밭 지났다 삐뚜름한 오층석탑 한 그루
와 부딪혔다

율어, 겸백, 사람 이름 같은 지명들 통과했다

무섭도록 큰 팽나무들이 마을 입구에 줄지어 서 있다

녹색빛 도는 매화 한 그루 아래 들어 가만 숨 고르며
서 있었다
귀신 같은 매화나무와 뺨이 야윈 내가 함께 있었다

건너편에서 찢어진 검은 비닐이 나무가 피워 올린 기
이한 꽃처럼 미세하게 흔들리고 있다

바람은 불지 않았다 매화 옆 빈 밭에 보랏빛 자운영
이 미열처럼 깔려 있었다 어지러웠다

붉고, 푸르고, 희고, 검은 봄에 나는 항상 먼저 도착했다

어둠의 영역

여긴 아주 환한 어둠이다
조금 다른 곳으로 가볼까

천천히,
휘익

명왕성 탐사선 뉴호라이즌스호처럼 나도 9년 6개월을
날아서 걸어서 그곳으로 갈 수 있다면 수차례의 동면 과
정을 거쳐 자다 깨다 하며 어둠이라는 심연에 다다를 수
있다면

당신은 명왕성보다 멀어야 하지 조금 더 멀어야 하지

누구도 당신의 아름다움을 훼손할 수 없다

아름다움의 영역에 별보다
죽은 자들이 더 많으면 곤란하다

빈 나뭇가지 위에 앉아 있는 까마귀들, 어둠 속 저수

지 근처 폐사지의 삼층석탑, 차창으로 얼핏 보았던 과일
을 감싸고 있는 누런 종이들이 내뿜는 신비한 기운

  이런 것들에 왜 잔혹한 아름다움을 느끼며 몸서리쳐
야 하는지 슬픔이 왜 이토록 오래 나의 몸에 깃들어야
하는지 당신은 알고 있을 것만 같다

  당신은 명왕성보다 멀어서 아름답고
  나는 당신을 만날 수 없다

  당신과 내가 이 영역에 함께 있다

검은 연못

저 검은 거울 아래 무엇이 있는지 알 수 없다
고랭이 부들 골풀과 수향목을 비추고 있는 대낮의 어
둠이다 맑고 무서운 검은색이다

연못가에서 멀찍이 서서 흑경에 비추인 물풀을 바라
본다
물풀이 정밀하게 새겨진 흑경의 표면을

검은 거울은 대리석처럼 빛난다

거울 속의 어둠이 내장하고 있는 것들은,
무엇이든 파국을 예감하는 자의 두려움이 얼마나 깊
은 연못을 만드는 것인지 저 검은 거울의 싸늘한 고요
함은
내게 어루만지듯 말해주고 싶어 한다

치자꽃 근처 고침단금은 아름답지도 쓸쓸하지도 않
구나

치자향 어른거리는 창 앞 물뿌리개의 물방울이 흩어
질 때마다 치자꽃 봉오리가 목을 떨구는
어스레한 저녁이 자꾸 나타나고 사라지고

머뭇거리는 자는 흑경을 부수고 뛰어들 수 없으니

이제는 향기롭지도 어지럽지도 않은
시간을 맞이하는 것이다

연못을 떠나면 천문대의 어두운 밤하늘을 보러 갈 것
이다
어둠으로, 어둠으로 밝은 어둠으로 가려 한다
이것이 오늘 하루 내 마음을 지키는 방법이라고 자꾸
뒤를 돌아보며

일요일

일요일은 나란히 앉아 있다
각자 비스듬히 앉았다

우연히도 다른 장소의 같은 시대에 산다

한 접시에 붙어 있는 계란프라이 두 개를 정확하게
반반씩 나누어 먹는다
커피와 녹차를 마신다

일요일은 둥근 테이블에 앉아 오래 책을 읽는다

소리 나지 않게 문을 닫았다
조용하게 손을 씻었다

문밖과 문안에서 잠시 보았다

일요일은 눈앞에 자꾸 보이는 슬개골을 만져보게 된다
얼굴은 보지 않게 된다

자연스러운 일요일에 대해 생각하게 된다

움직일 때마다 문안과 문밖에 서 있게 된다
다른 장소의 일요일로 이동한다

서걱서걱한 일요일 송곳니 같은 인수봉을 바라본다
철학이 없는 일요일이 계속된다

각자의 고독

컴컴한 임도 입구의 가장 어두운 곳에 서서 커다란 사각형 모양의 페가수스를 찾는다 다음은 안드로메다, 페르세우스……

여기 올 때마다 별자리를 찾아 헤매었어도 여태 단정한 마음자리 한 칸 마련하지 못했다 자리라는 말에 과도하게 의미를 둔 탓이다

별의 자리를 찾아서 무얼 하겠는가 거긴 내가 앉을 수 없는 곳 생활이 기운다 두 페이지를 넘겨 쓴 노트의 텅 비어 있는 양면을 뒤늦게 발견하게 되었을 때

물고기자리를 만나야 좋다는데 가장 나중의, 남쪽의 물고기는 물이 말라 있을 것만 같다 그 물고기가 내 목을 축여줄 수 있다고 믿어야 하는데

나는 이제 모든 미래를 의심한다

자주 보는 별자리가 언어처럼 사고방식을 결정하는

걸까 이 암흑 속에서 오로지 살겠다는 것도 죽겠다는 것
도 아닌 모호한 의지 하나로 살아가고 있는 우리는

　전갈자리는 나를 어떻게 결정하는 걸까

　어느 방향으로 움직일지 선택도 하기 전에 자신의 최
종 목적지를 결정해야 하는 빛처럼, 외로이 매 순간의
결단을 믿으며

　미래를 의심하느라 현재를 탕진하고, 암흑 속의 외로
운 한 점 얼룩* 지구에서 먼지처럼 발버둥치며 천 억 개
이상의 신경세포를 가진 외롭지 않은 우리는

* "암흑 속의 외로운 얼룩"— 칼 세이건, 『창백한 푸른 점』.

그날 저녁의 생각

내 손을 주머니로 가져갔던 그 저녁은 살아 있는 듯
몹시 추웠다 물건처럼 나는 한쪽 손을 전달했다 낯선 골
목을 익숙한 듯 바라본다

당신은 나의 괴로움을 모른다 당신은 나의 정처 없음
을 모른다 당신은 이 세계가 곧 무너질 것을 모른다

우리는 잠시 코트 주머니 속의 공간을 절반씩 나누어
가졌다 당신이 그 순간을 기억해낼 수도 있다는 희미한
가능성을 나는 염두에 둔다

우리가 아주 먼 오래전에 한 번쯤 만났을지도 모른다
는 생각을 당신이 하게 되려는 그 순간 손은 주머니에서
문득 빠져나왔다

그날 밤은 몹시 추웠던가 당신의 주머니에 들어갔다
나온 손은 원래 있던 자리로 돌아와 단정하게 손목 아래
가만 놓여 있다

당신이 하려던 생각처럼 우리는 죽기 전에 한 번쯤 만났을지도 모른다 서너 번일지도 모른다 온전하지 않고 사라지지도 않는 기억이란 무엇인가

나는 당신의 거짓을 모른다 당신의 죽음을 모른다 저녁의 감정을 가장한 당신의 슬픔을 모른다 이 세계가 실재가 아님을 모른다

흰색에 관한 말

하늘에서 내려오고 있는 눈 가나
땅에 내려앉아 쌓여 있는 눈 아풋
바람에 이리저리 휘날리는 눈 픽써폭
바람에 휘날려 무더기로 쌓여 있는 눈 지먹석

에스키모가 사용하는 눈에 관한 표현은
그들이 사용하는 흰색에 관한 말은 30개
아일랜드에는 초록색에 관한 말이 25개

2071년에는 지구의 온도가 4도 상승
고산식물이 멸종한다
어떤 순간을 떠올릴 때면 체온이 1도 하강한다

멸종되는 것들의 목록에 하나씩 빠르게 추가되는 것들

희귀한 새나 식물이 아닌
최후의 목록인
지구라는 소의경전이 아닌,

하늘에서 내려오고 있는 눈을 바라보는
당신과 나의 심장
초록을 말하는 당신의 입술

눈을 맞고 있는 속눈썹 같은 떨림의 말들,
하늘에서 내려오고 있는 눈을 함께 바라볼 수 있는
불가능에 가까운 순간들

내가 당신에게 하고 싶었던 말은
가나, 아풋, 픽써폭, 지먹석

시라쿠사의 밤

비가 소리를 만든다 소리가 아주 멀리 있는 비를 데리고 온다 비와 소리가 구분되지 않는다 세상의 아름다운 말과 소리 들은 다 어떻게 합쳐지는 걸까

여기는 비가 내리고 있고 내리는 비는 구시가지 오르티지아의 골목길을 적시고 있다 먼 곳으로 오니 그곳이 꿈 같다 지옥도 멀리서 보면 타오르는 아름다운 붉은 행성처럼 보이는 걸까

디오니시우스의 귀에 들어왔다 소리들이 안으로 모여들어 수증기처럼 올라간다 누군가의 귓속으로 들어가 그의 이명이 되는 건 원치 않았던 이상한 일

귀가 점점 커지고 있다 내 숨소리는 높고 거대한 동굴의 환청이 되어 내가 떠난 후에도 오래 디오니시우스였던 누군가의 귀를 어지럽힌다

말과 소리는 어떻게 다른 색이 되는 걸까 귓속의 어둠을 지나 눈부신 좁은 관을 통해 어딘가로 구불구불 돌아 나오니 어둠이 내리고 있다

성당 앞 사도 바울처럼 생긴 긴 머리 눈이 깊은 청년이 검은 악기를 연주하고 있다 무쇠 솥뚜껑 같은 악기에서 물방울이 떨어져 번지듯 맑고 고혹적인 소리가 난다

파피루스가 자라고 있는 연못의 난간에 기대어 나의
언어로 속삭이듯 오늘 여기, 고대, 그,리,스,의, 도,시,로,
왔,다,고 소리 내어 말해본다

시라쿠사의 밤 나의 모국어는 핸드팬보다 따뜻하고
신비한 음색으로 공허하고 공허하게 울린다 나의 속삭
임이 파피루스의 언어가 되는

태어나지 않은 말들의 세계

말을 하고 싶었다
부드러운 것들이 딱딱해지기 전에
결코 하지 않으려던 그 말을 하고 싶었다
색이 바래기 전에
망설임 끝에 말을 하려고 보니 손이 쭈글쭈글해져 있
었다
입을 열었더니 얼굴이 부수어졌다

망설이는 동안 백 년이 지나가버렸다
안간힘이 시간을 헤아리지 못하게 했다
입안엔 어느새 옥이 물려져 있었다
5천만 년 전의 박쥐 화석처럼
공허하고 아름다웠지만 살아 있지 않았다

백 년 후에는 너무 끔찍한 말이 되었다
바오바브나무처럼 주목처럼 은행처럼
시간을 살아내는 말이 있다는 가설도
문자를 이겨내는 말이 있다는 풍문도
갸륵하고 향기로웠지만 그 색이 참담하였다

그 뜻이 공허하였다

말을 하고 싶었던 자는 누구일까
태어나지 않은 말들은 모두 어디에 웅크리고 있을까
젖지 않고 썩지 않는 그 말들의 세계는
수수만년 어떤 영토를 확장하고 있을까

리라와디

플루메리아 리라와디 참파꽃

참파꽃, 『라마야나』를 읽으며 좋아했던
참파꽃 흰색 노란색 붉은색
참파꽃

일생을 바쳐 목마름을 얻을 수도 있다

리라와디 플루메리아 참파꽃

너의 언어가 달라져야 세계가 달라질 거야
플루메리아 리라와디 참파꽃

내가 변해야 저 꽃들의 목을
부러뜨릴 수 있을 텐데
참파꽃, 나를 볼 수 없는

환해졌다가 다시 어두워지는 캄캄함이
마음을 대신하고 있다

참파꽃, 어둠 속의

이 목마름은 어둠과 같은 성분

발목에 파묵을 더한 목마름이 생겨났다
리라와디, 리라와디, 참파꽃

무한의 테라스

나를 감싸고 있는 이 흰 것은 독화살 같기도 하다 나는 독화살을 맞고도 빼내지 않고 가만히 있는 사람처럼 이 희뿌연 것의 성분과 냄새를 궁금해한다 이 구역을 벗어나기만 하면 눈앞의 어둠도 밝아질 것인가

광선이 몸을 통과하는 것처럼 안개는 나를 점령하고 있다 나는 안개가 공중에 나를 띄워놓도록 기꺼이 허락한다 까마득한 아래 있다는 바다가 보이지 않는 이곳을 무한의 테라스라 이름 붙인 이는 누구인가 희뿌연 기운이 모이는 곳에 환幻이 생겨나고 흩어지는 곳에 환이 사라진다고

나는 저 너머의 태허를 보려 한 적 있었던가 습기가 많고 손에 잡히지 않는 이 흰 것은 자꾸 흩어지고 모이는 것이기에, 텅 빈 크나큰 고요 태허는 나의 기운이기도 하기에 발걸음은 자꾸 저 움직이는 차가운 것 속으로 홀린 듯 빨려 들어가고 있다

아무것도 보이지 않는 이 축축한 공기 속에서 나는

오로지 나의 슬픔에만 몰두하기로 했다 그러자 천천히
고요가 찾아들었다 어른거리는 이 아픈 것을 우리는 그
저 안개라 부르기로 하였으니, 희뿌옇게 모이고 흩어지
는 이것에 질서와 형상을 부여하지 않기로 하였으니

　무한의 테라스에서 나는 무한을 보지 못하고 내 앞의
어둠만 본다 안개에 함부로 마음을 기댄 탓이다 무한은
어느 쪽으로 향하는 것일까 비가 멈추고 희뿌연 것들이
사라지면 공중정원의 무한도 함께 사라지는 것을

날개의 무게

모든 순간에는 끝이 있다
저 나비도 그걸 알고 있다
비 오는 날이면 늘 나비들이 어디 있는지 궁금했다

복사꽃 옆을 지나다 다시 돌아왔다
날개를 접고 꽃잎 아래 매달려 있다
더듬이와 꽃의 암술이 구분이 되지 않는다

큰줄흰나비 날개가 다 젖어 있다
무거워진 날개가 나비의 영혼을 붙잡고 있다
몸이 곧 영혼인 걸 너도 이제 알게 되었을 테지

무거워진 날개도 날개일 수 있는지 생각에 잠겨 있다
날개 때문에 날 수 없게 되었다
접은 날개로 깊은 사유에 들었다

나비와 나는 서로를 느끼고 있다
젖어가는 옷을 입고 나도 조금씩 무거워졌다
우리는 잘 알지 못하지만 빗속에 함께 있다

질서의 구조

해바라기를 들여다본다 씨들은 중심에서 바깥쪽으로 휘어져 있다 나선형의 매혹은 흡입력 때문인가 어떤 마음은 파고들고 어떤 마음은 빠져나오고 마는

앵무조개, 달팽이 껍데기, 잠자리 날개, 벌집, 솔방울, 어떤 나선은 그 애절함 탓에 다른 쪽으로 더 심하게 휘어진다 오늘 바라보았던 꽃잎과 나의 발걸음이 그렇다

오른쪽으로 휜 나선과 왼쪽으로 휜 나선의 숫자들 우리의 걸음걸이는 피보나치수열에 속하는 수에 이르게 된다 얽히고 교차하면서도 겹쳐지지 않는 순간들

질서와 균형을 멀리하는 사람도 간혹 그 자리에 딱 앉혀버리는 배열, 그 편안함을 익혀버리면 혼돈과 무질서의 찬란한 아름다움에 대해 망각하기 쉽다

평균율음계에 친근해지면 몸이 둥글어질 것만 같아 파열음을 만들어내며 살아온 날들을 후회할 수 없다 질서란 늘 무질서보다 더 거대한 법이지만 우주적 질서는 무질서의 다른 이름

십일월의 잘 익은 얼굴만 한 해바라기를 들고 씨를 하나 빼 먹으려면 질서의 구조에 감탄하고 나서 다시 등을 돌려야 하는 반짝이는 한 잎의 갈등이 있다

토성의 고리

천체망원경으로 밤하늘을 보았다 목동자리, 처녀자리, 사자자리, 봄의 대삼각형, 목성과 토성
토성의 고리 대부분은 얼음
내 영혼의 성분을 가장 많이 차지하는 것은 무얼까

처녀자리 스피카는 신비한 푸른빛이 돈다
다른 별에서 지구를 보아도 이렇듯 집요하고 혹독하게 아름다운가
황금측백나무의 어느 한 부분을 눈이 멀 듯 뚫어지게 바라보다 깨어나는 오후 3시, 지구인의 고독한 하루를 짐작할 수 있을까

땅은 컴컴하고 하늘은 빛난다 넘쳐흐르는 빛과 힘이 땅으로 흘러내려 밤에 무언가 자꾸 자라난다
마음이 컴컴한데 몸이 휘청거리듯 가볍다 몸은 고요한데 머리는 어지럽다

토성의 고리처럼 내게도 어떤 영이 줄곧 따라다닌다
나뭇잎이 내뿜는 기운, 꽃가루가 떠 있는 물의 움직임

비가 오기 전 대기의 꿈틀거림

토성의 고리처럼 보이지 않는 붉은 차가움, 우리의 심
장은 잠시 뜨거웠지만 오래 식어가고 점점 차가워지고
우리의 심장은 오래 뜨거울 수 있지만 점점 차가워
지고
순식간에 미지근해지고

3부

정원

감추지 못하는, 변하지 않는 인간의 열정 때문에 시간은 멈추지 못한다 텅 빈 삶을 어찌 사느냐 물었다 이 집요한 마음이 열정임을 이해하기까지 아주 긴 시간이 필요했다

무모함이 자라 견고함이 되었다

꿈에 내가 아는 나는 늘 말이 없다 우리는 다른 이들과 함께 어디론가 가고 있다 한 공간에 있을 뿐 어떤 말도 주고받지 못한다 꽃나무를 사이에 두고 잠시 마주 보았다 사람들은 얼굴이 없고 우리는 손이 없다

삶의 맹목성은 왜 극복되지 않는 걸까

8만 4천의 생각마다 모두 아름답고 향기로워 생은 꽃이 만발한 정원 같았다 눈먼 사람처럼 나는 이 넓은 풀밭을 생을 다해 헤매 다닐 테니

테이블

이른 저녁을 먹는다 묵묵
어쩌다 여기 들어와 밥을 먹게 되었나

비술나무 세 그루
물끄러미 오래 밥 먹는 나를 바라본다

이곳은 넓고 환하고
테이블이 많다

비술나무가 나란히 서서 내려다보는 식사는
약간 목이 멘다

나는 밥을 먹고 비술나무는 가까이
옆에 있다

창은 나를 오래 상영한다

창밖의 나무는 세 그루
나는 한 사람

식당은 아주 밝고 지나치게 넓고 깨끗하다
이 식사는 영영 끝날 것 같지 않다

백모란

저 모란은 흰색과 붉은색의 양가감정을 가지고 있다
저물녘 극락전 앞에 내가 나타났을 때 모란은 막 백색
의 커다란 꽃잎을 겹겹이 닫고 있었다

학의 날개 같은 꽃잎 안에 촘촘한 노란 수술을 품고
노란색 수술은 무시무시하게 붉은 암술을 감추고 있었
던 것

모란은 환희와 비애라는 두 세계를 손금처럼 정밀하게
나누어 가졌다

뜨거운 방바닥에 몸을 누이고 개울 건너편 모란의 기
척을 듣다 잠들었다

백모란은 흰색과 모란이라는, 지난여름과 이 봄이라는
극단을 지니고 있기에

마흔다섯 절에서 객사한 명창 백모란과 나는 아프고
나은 몸이라는 낡은 비밀을 지니고 있기에

백모란 벌어진 꽃잎은 노랗고 붉은 꽃술 때문에 캄캄
해지고, 아침의 백모란 향은 앞이 안 보이도록 막강해
지고

모란이라는 절벽 앞에 나는 위태롭게 서 있다

마음

퍼붓는 빗속에서 굽이 높은 구두를 신고 헤매 다녔다
비는 지나치게 굵고
막 쏟아진 눈물처럼 뜨거웠다

정신을 차리고 보니 누가 근심스러운 눈길로 나를 내
려다보고 있다

나는 그녀에게 무언가 말해서는 안 되는 비밀을 가지
고 있다
그녀는 따뜻하고 아름답고 다정한데
나는 그녀가 알아서는 안 되는 비밀을 품고 있다

그녀의 눈을 바라보다가 깨어났다

그녀는 누구인가 내가 가지고 있는 비밀은 무엇인가
그녀는 고요히 내 이마를 짚었다
왜 빗속을 비명을 삼키듯 울먹이며 걸어 다닌 것인지

꿈속의 나는 내가 다 알 수 없는 나이다

내 이마를 짚었던 그 마음을 아프게 해서는 안 된다
는 생각을 하고 있는 듯했다

꿈속의 나라고 여겨지는 사람은 내가 아닌 누구인가

그 여인이 나인 것만 같다

꿈속 나의 마음은 늘 나를 조심한다

흰빛의 궤적

지는 목련 아래의 비참에 대해 상세하게 말하지 말자
누렇게 말라가는 꽃잎은,

저 고요히 흘러내리는 커다란 흰 귀는
너의 작은 죄를 들으려 바닥으로 내려왔다

타 들어가는 목련 잎들에서
상한 향이 난다

물고기 썩는 내음이 풍긴다

나무 위에서 상해가는 흰 귀들이
너를 괴롭히는 봄

비릿한 향이 저 적막한 생의
소멸의 궤적이라면

별의 궤적 사소하고 은밀한 죄의 궤적
몰락의 궤적 흰빛의 궤적

미혹의 궤적 또한 저리 비린 길을 걷는 걸까

나무 아래 죽은 물고기들이 수북하다

부패가 진행되면서
연둣빛 새살은 돋아난다

지는 목련 아래의 비참은 밤늦도록 피어난다

09시 09분

09

09

2018년 1월 0일 9시 9분에서 10분 사이 60초 동안 나는 검은 바탕에 위아래로 배열된 휴대전화 꺼짐 화면의 평면에 나타난 몹시도 조형적인 아라비아숫자를 숨죽이며 바라보고 있었다

이런 순간을 영원이라 부르면 어떨까

천변엔 검게 마른 가막사리 열매가 찬바람을 맞으며 있고
진눈깨비가 스으스윽 지나가고
나는 갈대숲에 서 있고

09에서
10으로
숫자가 바뀌었다

생활은 아라비아숫자와 겹쳐진다

눈은 자꾸 내려와
하늘은 먹빛이고

새의 커다란 날개 속에 덮여 아무것도 보이지 않는다

이 삶이 계속되리라는 환幻이
우리를 살게 만든다

목천료

마다다비는 고양이가 좋아하는 것, 여행하다 지쳤을
때 먹으면 힘이 나는 열매
다시 여행한다, 다시 산다, 또다시 떠난다
누가 어젯밤 개다래 잎에 흰색 페인트칠을 해놓았나
앞면을 허옇게 칠하다 말고 어딜 간 건가
요통에 좋다는 목천료를 먹어보라고,
벌레 먹은 개다래 열매 목천료를 먹을까
개다래차를 마실까
저렇게 무얼 하다 문득 실종되어버리는 어떤 마음을
알고 있다
밥을 먹다가, 기차를 타고 가다가
저수지를 바라보다가, 멀리 있는 낯선 도시를 걷다가

떫고 쓰고 매운 개다래 열매를 자주 맛보면 기나긴
괴로움을 견디기에 좀 수월해지려나
개다래차는 잎사귀의 흰 칠이 떠올라 내키지 않아
우아한 꽃에 험한 이름이 붙었지만 그렇다고
아름다움이 사라지는 건 아니지
개다래 잎사귀에 흰 물감을 칠하다 사라진 누군가를

어디선가

　불현듯 맞닥뜨리게 되는 순간이 오고 말 테니

　그리하여 당신을 잃게 되는 순간이 다시 오고 말 테니

　마다다비는 누군가 좋아하는 것, 지루한 생이 거듭될

때 먹으면 기운이 나는 열매

교란

외래 침입종이 창궐하고 있다 털물참새피가 노랑어리
연과 창포를 덮었다
자라풀 벗풀 낙지다리 택사를 못살게 군다

가시박 단풍잎돼지풀 서양등골나물 실새삼 도깨비가
지 미국자리공 미국가막사리로부터
달뿌리풀 고마리 여뀌를 구해야 한다

생태계 교란 식물들은 쓸데없이 당당하다
생태계만 교란시키는 것이 아니다

방충망 문에 빈틈이 없는데도 아침이면 작은 나방들이
나란히 누워 있다
흰색 노란색 그리고 작은 벌레들,
나방은 어디로 들어오는 것일까

무엇에 교란되어 필사적으로 망을 뚫고 들어오는 건가
나방이 스스로 만들어낸 틈이 마치 내가 만들어준 것
만 같다

내 몸에 내가 모르는 빈틈이 있다

가시박이 하천 범람 후 강기슭 전체를 덮어버렸다
가느다란 가시로 하얗게 덮여 있는 가시박, 모진 사람
이름 같은 덩굴손 가시박이

내게서 빛을 다 덮어버리고 목을 조르며 기어오르고
있다 가시박은 나를 감으며 기어오른다 나를 죽이고 있다
너무 늦었다

밤의 호수

밤의 호수는 숲과 나무와 둑을
정확하게 대칭으로 나눈다
불빛만은 더 길게 늘어 당기고 있다
자욱한 안개마저 반으로 분할한다

호수의 한가운데 있는 섬은
낮에는 얌전히 떠 있어 무슨 생각에 골몰한지
짐작할 수 없지만 밤엔
커다란 한 마리 물고기가 되어
컴컴한 입을 벌리고 어딘가로 가려 하고 있다

불빛을 뿌옇게 풀어놓고 밤안개는
다시 숲속을 파고든다
번개가 물속을 훑고 지나갈 때

오래전에 가라앉은 것들의 침묵이 잠시 솟구쳤으나
이내 고요해졌다

밤의 호수 곳곳에서 완벽한 세포분열이 일어난다

그 중앙의 경계는 호수 면이다
호수가 만들어낸 기하학무늬를 달빛이
오래 비추던 날이 있었다

밤의 호수에서 그림자는 몸이 되어버린다

낙우송

어느 해 새의 깃털을 잔뜩 달고 있는 나무에 기대 찍은 사진은 얼굴이 겹쳐서 나왔다
그때부터였는지 나무는 꿈속에서 잎들을 내 얼굴 위로 떨어뜨렸다

깃털의 가속도와 부드러움 사이에서 나는 자주 비명을 질렀다

낙우송 잎에 덮인 날들은 포근하고 불길하고 스산했다
낙우송 잎들은 아주 낮은 음계로 오래도록 내 얼굴을 향해 떨어져 내렸다

땅속뿌리가 올려 보낸 물렁물렁한 무릎이 숨을 내뿜을 때마다 슬픈 일이 일어났다

수향목 관에서 향기가 났다

수향목 근처에서 물에 빠진 여자는 수향목의 무릎뼈가 되어 올라왔다
어긋나는 잎사귀들마다 모두 뾰족한 붉은 깃털로 변해버

리는 늦은 가을이었다

새들은 멀리 날지 못할 날개를 키우고 있었다 숲에선 종일 기이하고 아름다운 소리가 울려 퍼졌다

목이 부러진 추락한 새들이 수향목 관에 가득 담겨져 있는 오후였다

낙우송 아래 내 얼굴은 여전히 불안하고 머리 위로 붉은 깃털이 전속력으로 떨어지고 있었다

고압선 숙소

고압선이 가까이 보인다

고압선 뒤로 마늘밭과 멀리 흰 건물들이 있다 고압선
앞으로 2차선 도로가 달린다

옆으로 소나무들이 엉거주춤 줄지어 서 있다

고압선 아래로 차들이 씽씽 지나가고 돌아온다

고압선을 바라보며 엎드려 있다가 벌떡 일어나 고압선
너머의 산들을 바라본다

고압선과 먼 산 사이에 저층 아파트와 놀이터와 비닐
하우스와 전봇대가 있다

이곳에 오고부터 무언가 어긋났다

산책 시간이 불규칙해졌다 새벽이건 밤이건 나가 걷는
다 안 보이는 선들이 머리를 지나간다

그사이 마늘 대가 하얗게 고부라졌다

숙소 앞 건널목에서는 왜 항상 변압기와 애자가 떠오
르는지 모르겠다

마늘밭은 하얗고 숙소 뒷길의 보리밭은 누렇다

놀이터는 노랗고 파란 연두색이다
색채들은 불안하게 자꾸 변형되고 흐릿해진다

이곳에 오고부터 무언가 계속 어긋나고 있다
멀리 연밭을 지나 활터가 있다 과녁의 원은 여름이면
숲의 초록 때문에 더 뚜렷해진다
활은 높이 올라갔다 어긋나며 과녁으로 빨려든다 표적
은 늘 흔들린다

흰색, 침묵

이 도시는 왜 이렇게도 조용한 걸까 거미줄처럼 길은 안으로 안으로 향한다 작은 성당에 들어갔다 노인 한 사람이 제단 앞 측면 자리에 앉아 있다 문 앞에서 천장과 창을 바라보고 있는 동안 노인과 나는 다른 공간으로 멀어졌다 잠시 후 청년이 들어와 천천히 그의 앞으로 가 섰다 그들은 서로 마주 보았다

아무리 멀리 떠나도 거기에는 나를 기다리고 있는 것이 있다

노인이 일어나 그를 껴안았다 그들 앞에 죽은 이가 놓여 있음을 그 순간 알게 되었다 노인이 앉아 있던 시간도 청년이 내 옆을 지나 앞으로 걸어 나간 순간도 그저 고요했기에 그들의 호흡에 조금의 일렁임도 없었기에 슬픔의 기류를 감지하지 못했던 것

그들은 나란히 앉아 말없이 관 속에 누워 있는 죽은 자를 바라보았다 내가 성당에서 들은 소리는 아무것도 없었다 누군가 죽은 지 하루도 지나지 않았고, 그 죽음은 아무런 소리도 필요치 않았다

하루쯤 지난 누군가의 손을 잡아보려 한 적 있다

이 도시는 어떤 죽음을 침묵으로 애도하고 있다 식당

도 텅 비어 혼자 달그락거리며 짧은 식사를 마쳤다 발을
겨우 디딜 만큼 좁은 계단이 위로 구불구불 이어진 미로
의 흰색 골목은 깊이를 높이로 대신한 걸까

　제단을 향해 누워 있던 사람을 나는 보지 못하였다

　두 사람이 침묵으로 지키고 있는 자의 죽음이란 마침
표처럼 단정하여 내가 품고 있던 말줄임표는 낯선 도시
에서 죄 없이 자꾸 무거워졌다 치스테르니노의 골목과
흰 집과 계단들은 모두 침묵의 복잡한 기호들, 검은색 슬
픔을 흰색으로 완고하게 덧칠한 계단과 골목들이 나를
포위했다

사랑의 비유

몸의 어딘가에서 피가 다 빠져나가고 있을 때,
낮부터 밤까지 종일 하늘이 노랗게 다가왔다 물러갔다
하던 내출혈의 기억은
나의 것임이 틀림없는가 의심한다
악몽이므로, 기억의 출처는 낡은 혼란이 끌어다놓은
뭉개어진 난시의 깨알 같은 사전이므로
끝내 확인하지 않는다

굳은 선지 같은 검은 자줏빛 뜨거운 덩어리들이 목구
멍으로 솟구쳐 올라올 때,
바닥에 널브러져 종잇장처럼 얼굴이 하얗게 변했을 때,
지구의 어딘가에서
나였던 누가 죽어가고 있는지 물어본다
몸 안에서 피가 줄줄 새고 있는 줄도 모르고,
의심도 없이

일렁이는 하늘이 밤이 될 때까지, 까마귀가 지붕 위를
날 때까지
덧칠한다 노랗게, 노랗게

고통을 줄이는 것과 삶을 늘이는 것이 어떻게 다른지
물어본다

의심하지 못한다 피는 늘 네 안에 있다는 생각에 갇혀
있으므로, 휘청거리는 발걸음은 묵은 연민 탓이라 믿으
므로

몸의 어딘가에서

피가 빠져나가고 있을 때

물속의 나무

연못에 나뭇잎 화석이 떠 있다
서걱서걱 얼음이 끼어 있다
저 화석은 깨어지지 않을 것 같다 부서지지 않을 것
같다

앙상한 겨울나무들이 우두커니 들어가 서 있고 물속의
나무가 놓아준 나뭇잎 몇 장은
죽은 사람의 살 대신 위로 떠올랐다

회색 하늘과 차가운 새 울음 몇 그루는 최근에 들어
갔다
소리는 깊이 가라앉지 못하고 잠시 떠다니다
물 밖으로 걸어 나온다

소리가 물속 깊이 들어가면 어떤 일들이 일어나게 될
지 생각해보다 항상 멈추었다
생각은 바닥에 닿지 못한다

이제 겨울나무들이 들어가 있는 곳에

얼굴 같은 걸 비추어보지 않는다

연못을 한 바퀴 돌아보았다
누군가의 목을 걸었던 밧줄의 무게를
밤새 늠름하게 감당해냈던 검은 나뭇가지만 보인다

살얼음이 끼었다
무엇을 가두는 얼음이 아닌 나뭇잎을 오래 살려두려는
얼음이다 얼음의 살이다

빗살, 물살, 빛살, 문살 다 살이 없다
죽음은 살과 친근하다

4부

매화필적

연등천장 아래 비스듬히 기대앉아
서까래를 바라본다

매화 필 적,
당신의 매화필적을 따라 봄 산천을 헤매 다닌다

따스한 공기가 연등천장 위로
아른아른 올라가는 걸 바라본다

문 앞에 마지막 라일락이 피었을 때,
꼭 그 순간에
힌데미트의 진혼곡을 듣는다

분청 넝쿨무늬 사발에 담을 것이 필요하다
의심이 많은 시는 건져낸다

어떤 사랑도 슬프기만 할 수는 없다

분홍의 수사

날빛이 어슬하다 물속도 같은 색일까

자꾸 창백해지는 생각을 애써 가둔 하루였기에 오늘은 여기서 멈추고 싶다

이 피로함을 누구에게도 말할 수 없다

나뭇잎들은 수심으로 흔들리며 그늘 쪽에 서 있다 많은 나무 가운데 안개나무가 왔다

안개나무는 신비한 분홍색 안개를 이고 서 있다 속으로 들어가 얼굴을 파묻어보았다

분홍의 수사는 따뜻하구나, 안개는 흩어지지 않았다

안개나무의 기이한 구름이 나타나지 않았더라도 오늘 하루를 무사히 보낼 수 있었을까

눈을 살며시 뜨니 손바닥에 상산나무 잎이 들어 있다

이걸 송장나무라 부르는 자들이 있다

　나는 안개나무를 생각하며 상산나무 잎을 코앞으로 가
져온다

일관성

심연은 풍덩 바라보아야 하는 것일까
천천히 빠져들어야 하는 걸까

당신 없이 무척이나 고요한 하루다

영장류 인간의 고독을 신은 감히 이해하지 못한다 먹
먹한 겨울 아침이 으스스 수 세기 동안 계속된다

당신이 누구인지 이제는 알기 어렵다

시는 그가 누구라도 순교자가 되기를
바라지 않는다 했지만

당신이 누구라도 내 존재를 바꾸지 못한다 슬픔은 나
의 일관성을 지켜준다

나는 이 세계의 불화와 늘 조화롭게 잘 지내고 있다

마음 둘 데 없는 하루는

달까지 연장되곤 한다

나의 일관성은 나를 지켜주지 못한다

종점

회촌 종점에 서 있는 34번 막차의 불빛이
비에 젖은 길을 비추고 있다
창마다 나누어진 노란 불을 밝히고 어둠 속에서
오지 않을 승객을 기다리고 있다

버스 앞을 지나오는 내 발밑으로부터
두 개의 그림자가 생겨났다

다리는 대나무처럼 길어지고 몸은 둘이 되었다
두 가닥으로 뻗어나간 그림자 중 어느 것이
내 마음에 더 가까운가

한 그림자는 휘청거리고 한 그림자는 꼿꼿하다

빛에도 소리에도 반응하지 않는 영혼이,
고통과 열락에도 반응하지 않는 영혼이 있다면
그는 인간일까 천사일까 악마일까

내 몸에서 나와 갈라진, 명도가 약간 다른

몸의 두 어둠을 번갈아 바라본다

몸의 어둠은 채도가 없을 텐데 그림자에도 채도가 있
다면

휘청거리는 저 몸의 순도는 얼마나 될까

내 몸의 무채색을 나는 오래 친애하였으나

탐매

이른 아침, 누군가 다른 사람이 먼저 와 있다

이곳에서 사람을 만난 건 처음 있는 일 누군가 나무를 찾아오는 이가 또 있었다

바로 지금 희귀한 이 시간에 딱 부딪히다니 불편하지만 그렇다고 피할 데도 없다

먼저 온 이와 나는 서로를 보지 못한 척 아무 말도 하지 않고 나무만 바라보았다

이 나무를 잘 아느냐고 먼저 그가 말을 붙였다

그와 나는 십수 년간 나무를 찾아왔다

멀리서, 내게 맞는 봄을 찾아, 해마다 이 늙은 매화나무 아래 서 있다 가느라 나도 모르게 나이를 먹었다

손가락에 감은 붕대가 붉게 물들도록 아무렇지도 않은

듯 나무의 지문을 살핀다

　그가 나의 영역을 침범한 것은 아니다

　햇빛 드는 한낮까지 늙은 꽃나무는 다정하지도 무정하
지도 않아 우리는 나무와 잘 헤어졌다

물의 주름

물에 주름이 잡혔다 물의 주렴이 모여 물의 주름이 되
었다
개울물 흘러내리다 멈춘 자국
여러 겹
얇은 망사 커튼이 흘러내린 듯 순간과 순간이 겹쳐져
있다

강추위가 물의 형태를 바꾸었다
영하의 온도가 물의 체적을 바꾸었다 물의 길이 비중
을 바꾸었다
스스로 밀도를 변형시켰다
마른 나뭇잎들이 드문드문 무늬처럼 끼여 있다

무게는 바뀌지 않았다
그림자가 바뀌었다

물 위의 그림자는 흔들리지 않는다
얼음 언 개울 위는 투명한 물색 아래쪽은 맑은 회색
강추위가 물의 색을 바꾸었다

공은 그대로인데 색이 바뀌었다
물과 얼음은 같은 것일까

물 위에 서서 물을 느껴본다 물에서 물을 바라본다
물의 한가운데에서 물을 만져본다 물 위에 떠서 글자
를 써본다 물과 만나는 손끝이 시리다
흐르는 물의 정지 화면을 밟고 서 있다
물과 물 사이 나뭇잎처럼 투명해지고 있다

연극적인 비

공중에서 노란 비가 쏟아졌다
툭 툭 굵은 소리를 내며 내려왔다
머리에 닿으면 아팠다
누군가 튼튼한 우산을 내게 주었다
바닥에 떨어진 빗방울을 보니
앞뒤로 각각 죽은 사람의 얼굴이 새겨진 은화였다

세상에 은화 비가 내리다니, 난 이런 환상이 싫다
이건 환상이 아니라구, 하듯 사람들이 옆에서
반짝이는 동전을 하나씩 주워 담는다
어쩐지 허리를 구부리고 싶지 않다
은화 비는 더 세게 내 머리를 두드린다

도대체 하늘에서 이런 일을 벌이고 있는 것이
누구란 말인가 우리는 커다란 공간 안에 들어 있고
하늘에 보이는 단지 몇 개의 구멍에서
은화 비가 쏟아져 내리고 있었다
나는 은화 비가 쏟아지지 않는 안전 구역으로 나가
우산을 구석에 던져버리고

조금 떨어져 수북이 쌓인 은화 비를 바라보는
그들의 몸짓을 지켜보았다

우산의 곡선도 노란 비를 만지는 그들 팔의 동작과
허리의 구부러짐도 모두
지나치게 연극적이었다
이걸 보라구, 비를 더 세게 내려봐
하늘색 뭉게구름이 중얼거리며 투명한 천장 위로 지나
갔다
은화 비는 계속 물처럼 쏟아졌다
우리는 서로를 바라보며
수북하게 쌓인 죽은 비를 만져보았다

밤의 구근들

히아신스의 구근을 잘못 옮겨 심어 알뿌리가 밖으로 둥그렇게 나와 있다 불안하다 그사이 벌써 꽃대의 흰색 꽃이 너덧 벌어지고 있으니

구근식물을 들여다놓으면 예민해진다

밤엔 책상에 올려두고 알뿌리가 꿈틀거리는 소릴 들으며 신경을 타고 오르내리는 통증의 미세한 이동 경로를 헤아려보았다

수선화 튤립 아마릴리스 카라 라넌큘러스 아직 곁에 두고 몸과의 연관성을 학습해보지 못한 것들의 구근을 생각해본다

그해 봄의 무스카리는 여러 해 무심히 두었어도 구근에서 촘촘한 삼각형의 보라색 꽃대가 올라왔고 누군가 가져간 무스카리 분의 알뿌리는 아직 나와 같은 호흡일까

올봄 한구석에 밀어둔 화분에서 보라색 꽃들이 맺히지 않았더라면 히아신스의 알뿌리를 좀더 깊이 묻었더라면 봄의 통증은 다시 피어나지 않았을까

잊어도, 잊혀도 다시 살아나는 구근식물의 희고 붉고 푸르스름한 꽃들은

내 몸의 뿌리에 매달린 기억들은, 두근두근 나의 어지러운 잠자리를 지켜보는 밤의 구근들은

젖은 꽃잎들이 바람을 밀어올리고

어두운 물밑에서 흔들리는 물밑에서 풀들이 자란다

꽃들이 피고 있다

어두운 물 아래서 물살이 달라질 때마다 바람이 지나
갈 때마다 꽃잎은 흩어져 날아 이곳으로 당도한다
휴대전화가 운동화가 배낭이 날아 올라온다

노란색 붉은색 분홍색 갈색 트레이닝복들이, 시계가
알록달록 올라온다 바람이 세게 불면 다른 곳으로
멀리, 멀리 동거차도로 서거차도로 날아간다

너무 멀리 날아가지 말아라

어두운 물속에서 그때처럼 벚꽃이 진다

견고한 모든 것은 물속에서 녹슬어버리고 흩어져버리
고 어두운 모든 것은 물속에서 어둑어둑 밝아지고
어두운 물밑에서 꽃들이 환하게 날아오른다 무거운 배

가 기우뚱 옆으로 올라온다

젖은 꽃잎들이 바람을 밀어 올리고 있다

멀리…… 가지…… 말아라……

사라진 아이들이 해마다 사과꽃 복사꽃을 피우는 환
한 봄

영역

저수지 안의 섬에 검은 새들이 앉아 있다
나무들이 허옇게 변했다

나무가 말라가는 이유는 새 때문일까

가까이 저수지 안쪽 길 따라가보니
나무들이
쏘아보는 눈길이 있다

새가 시끄럽게 악을 쓰는 것이
나무 때문일 것 같다

작은 섬 전체가 검은 새로 덮여 있어
흉흉하다

지나가는 사람은 생각한다
나무를 떠나면 될 것을

저수지 안의 섬, 나무가 말라가고 있다

민물가마우지와 까마귀가 반반씩
물속의 섬을 차지하고 있다

각자의 영역 속에서 그들이 차지한
나무들을
욕망하고 있다

저수지는 새와 죽어가는 나무의 목록을 가지고 있다

관심

물까치는 내 방 발코니 앞의 매화나무를 좋아한다 물까치는 내 방에서 생산되는 이상한 언어에 관심이 있는지도 모른다 물까치는 내 방의 고요를 탐낸다 물까치는 내 방에 켜지는 새벽 불빛에는 관심 없다 나는 물까치의 언어에 관심이 많다

물까치는 하늘색 날개를 아주 잠깐씩만 보여준다 물까치는 내가 그 엷고 푸른빛 날개에 매혹당했다는 걸 알고 있다 물까치는 매화나무 가지에 앉아 종일 움직임이 없는 내 방의 동태를 살핀다

물까치는 내 눈길을 고요히 받아낸다 물까치는 내가 살며시 다가가면 조금 떨어진 나무로 보란 듯 옮겨 간다 물까치는 내가 불시 방문을 허락한 유일한 손님이다

물까치의 머리는 나와 같은 검정, 물까치의 감정은 아마도 나와 같은 검정, 날개와 꽁지는 연한 하늘색, 목은 흰색, 물까치는 어느새 내 감정에 길들여지고 있다 물까치는 아침저녁으로 나의 새로운 고독을 학습한다

슬픔의 연대기

아, 어쩌지 일기를 마저 없애버리는 걸 깜박했다 머리에서 끈적한 것이 흘러내리네 목은 아마 꺾어진 것 같은데 어쩌지 삭제하지 못한 최근의 문서들이 하필 이 순간에 떠오르다니

누가 그걸 읽으면 안 되는데, 다시 화면을 거꾸로 돌려 저 위로 휙 날아오를 수 있다면 다 말끔하게 처리하고 올 텐데, 아 그나저나 누가 나를 빨리 발견이라도 하면 어쩌지

내가 보았던 죽은 사람들은 정말 죽었던 것일까 그들은 왜 내게 찾아와 아무 말 없이 어슬렁거리기만 하다 돌아간 걸까 나는 조용히 이대로 흔적 없이 사라지고 싶다

아, 누가 내 일기를 좀 불태워다오 빈틈없는 죽음이란 없는 거구나 허술한 죽음만이 죽음 같구나 아, 어쩌지 당신을 사랑한다는 말을 아직 하지 못하였다 나는 그 말을 너무 오래 아껴두었구나

그토록 오래 당신을 사랑했던 나를 이제야 이해하겠다 이제야 용서할 수 있겠다 그대가 누구인지 알기도 전부터 나는 그대를 사랑하기로 했구나 삶이여, 이제 나는 없다 그러니……

당분간

지루하고 괴로운 삶이 지속된다
집요하게 너는 생의 괴로움에 집중하고 있다

생의 아름다움에 완전히 미혹당했던 적 있었다
주전자의 뜨거운 물이 손등에 바로 쏟아지듯 고통과
환희를 느끼며 펄펄 뛰었다

여긴 생이라는 현장이다
이렇게 생생하므로 다른 곳일 수 없다

무서운 집중 앞에 미망과 무명이 사나운 개의 이빨 앞
에 선 어린아이처럼 뒤로 물러나기를 바란다
통쾌하다 비명을 지를수록 생은 더욱 싱싱해지고, 생
생해지고

지루한 열정이 나를 지치게 한다
이 괴로움은 완벽하게 독자적이고 완벽하게 물질적
이다

누구나 완벽하게 평화롭기는 어렵다 그래도
　생의 괴로움에만 집중하는 순교자가 되고 싶다 아름답
고 끔찍한 삶이 당분간 지속된다

당분간, 그 누구라도

장철환
(문학평론가)

1. 여일해서 수일하다는 것

조용미의 시는 여일하다. 여일해서 수일하다는 건 범상치 않은 일이다. 두 가지 의미에서 그렇다. 첫째, 그는 어둠 속에서도 시의 심도深度를 일정하게 유지한다. 이건 그가 부침을 겪지 않는다는 뜻이 아니다. 그러하되, 어둠의 깊이에 따라 시가 제 스스로 심도를 유지한다는 말이다. 비범한 일이다. 둘째, 몸의 고통과 더불어 엄청난 압력이 더해질 때라도 그는 결코 서두르지 않는다. 이러한 능력은 아주 오랫동안 어둠과 교호하면서 몸에 내재한 어둠의 농도를 천천히 줄인 결과라 하겠다. 그의 시가 고통에 몸담고 있지만, 고통의 노예가 되지 않은 이유가 여기에 있다. 아름다운 일이다. 그러니 심도에 따른 감압의 기록부터 살펴야겠다.

그는 아주 오랫동안 깊은 고통에 침잠해 있었다. 지난 시집들*을 보노라면, 그가 얼마나 많은 고통을 겪었는지 실감할 수 있다. 그의 몸에 새겨진 숱한 화인火印들은 이를 예증한다. 이렇게 말할 수도 있다, 그의 시는 마치 달의 표피처럼 무수한 크레이터crater로 덮여 있다고. 이는 그가 어둠 속에 부유하는 크고 작은 운석들을 온몸으로 끌어안은 결과라고 할 수 있다. 이런 맥락에서 그의 시를 "상처의 미학"(이혜원 해설,「상처의 미학」, ③)이라 일컬을 만하다. 어쩌면 그의 시의 태반이 고통일지도 모르겠다.

그러나 고통에 오래 잠기면 고통을 인지하지 못하기 십상이다. 마치 물에 오래 잠긴 몸이 부풀어 오르고 어둠에 잠긴 몸이 제 색을 잃듯, 고통에 오래 잠긴 몸은 고유의 "형과 질"(「가을밤」, ⑤)을 잃게 될 우려가 있다. 이번 시집에서 '나비의 젖은 날개는 날개인가'(「날개의 무게」)라는 질문이 유효한 것은, 그것이 고통의 몸이 어떻

---

* ①『불안은 영혼을 잠식한다』(실천문학사, 1996); ②『일만 마리 물고기가 山을 날아오르다』(창비, 2000); ③『삼베옷을 입은 자화상』(문학과지성사, 2004); ④『나의 별서에 핀 앵두나무는』(문학과지성사, 2007); ⑤『기억의 행성』(문학과지성사, 2011); ⑥『나의 다른 이름들』(민음사, 2016).

게 "나의 주인"(「붉은 시편」, ③)이 될 수 있는가라는 화두를 고스란히 내장하고 있기 때문이다. 「나의 몸속에는」(⑥)을 보라. "시선은 최대의 언어"(「시인의 말」, ④)라는 말이 아니더라도, 달의 뒷면처럼 오래 어둠 속에 갇힌 상흔들은 지구의 시점에서는 말하기 어렵다.

이러한 과정은 넓은 부면에서 매우 서서히 진행되었다. 그의 시의 주요 화두들이 부단히 회귀하는 것처럼 보이는 이유가 여기에 있다. 정신이 고통의 노예이기를 그치고 "주인"이 되는 과정은 일회적 사건의 결과가 아니다. 숱한 부침 과정에서 서서히 변곡점이 나타나는 것이다. 따라서 이번 시집에 이르러 그가 "아프고 나은 몸이라는 낡은 비밀"(「백모란」)을 시적으로 선언했을 때, 이는 완치됐다는 뜻이 아니라 고통과 회복의 부침 속에서 변곡점을 지나고 있다는 의미로 봐야 한다. 역설적인 말이지만 치유는 고통 속에서의 "기나긴 과정"을 전제한다. 이것이 그가 말한 "미학적 인간"의 일면일 듯싶다. (「미학적 인간에 대한 이해」, ⑤)

여기서 한 가지 유의할 것이 있다. 그건 고통의 밀도가 시의 심도를 보장하지 않듯, 정신의 밀도 또한 시의 심도를 보장하지는 않는다는 사실이다. 시는 고통과 정신의 밀도로부터 응축되지만 그것의 압력을 조절하는 과정 속에서만 미적으로 성취될 수 있다. 몸과 정신은 고통의 심장부에 내재해 있어야 하지만, 시는 그곳에 갇히면 안 된다는 뜻이다. 이때 "미학적 인간"은 고통의 깊이 속에서 고압을 견뎌야 할 뿐만 아니라 어디에서 압력을 줄여야 하는지를 알아야 한다. 어둠 속에서라도 말이다.

숙련된 잠수부는 언제 부상浮上해야 하는지를 아는 자임에 분명하다. 특히 심해의 잠수부는 부상의 속도를 몸으로 알고 있어야 한다. 급격한 부상은 혈액에 용해된 질소를 기포로 만들어 우리 몸에 치명적인 위해를 가하기 때문이다. 어둠의 탐색자가 특별히 유의해야 할 것이 바로 이것이다. 즉 어둠의 압력에 의해 몸속에 용해된 고통이 몸과 정신에 치명적 손상을 가하지 않으려면, 천천히 부상해야만 하는 것이다. 조용미의 시는 바로 이러한 고통의 감압 과정을 그 누구보다도 정밀하게 보여준다는 데에서 빼어난 미적 성취를 이루고 있다. '상징주의'와 같은 급격한 도약은 그의 방식이 아니라는 뜻이기도 하다.

그러니 이제 그의 감압의 기록을 살필 차례이다. 한 가지 유의할 것은, 그의 부상이 꽤 오래전에 시작되었다는 점이다. 허나 상황의 촉급함에도 불구하고, 그의 여정을 톺아보는 일은 아주 서서히 진행되어야만 한다. "내가 듣는 것, 느끼는 것, 숨 쉬는 것, 만지는 것이/모두 다 느리다"(「운구차」)를 보라. 그는 우리가 생각하는 것보다 훨씬 더 천천히 움직인다는 것을 결코 잊어서는 안 된다. 마치 순례를 떠나는 자처럼 아주 느린 보폭으로 그의 리듬을 맞출 필요가 있다. 행장을 차리는 데는 서둘렀지만, 그를 따르는 길이 늦은 이유가 이와 같다.

2. 어둠으로, 밝은 어둠 속으로

지금 그는 어디에 있는가? 기왕에 "별서에 핀 앵두나무"(「나의 별서에 핀 앵두나무는」, ④)를 본 자라면, 지금 그가 어디에 있을지 추정하는 것은 그리 어렵지 않을 듯하다.

회천 청매 보러 갔다 구불구불 먼 길 긴 메타세쿼이아 길 만났다 녹차밭 지났다 삐뚜름한 오층석탑 한 그루와 부딪혔다

율어, 겸백, 사람 이름 같은 지명들 통과했다

무섭도록 큰 팽나무들이 마을 입구에 줄지어 서 있다

녹색빛 도는 매화 한 그루 아래 들어 가만 숨 고르며 서 있었다
귀신 같은 매화나무와 뺨이 야윈 내가 함께 있었다

건너편에서 찢어진 검은 비닐이 나무가 피워 올린 기이
한 꽃처럼 미세하게 흔들리고 있다

바람은 불지 않았다 매화 옆 빈 밭에 보랏빛 자운영이
미열처럼 깔려 있었다 어지러웠다

붉고, 푸르고, 희고, 검은 봄에 나는 항상 먼저 도착했다
—「봄, 심연」전문

그는 지금 "녹색빛 도는 매화 한 그루 아래"에 있다.
여기에 이르기까지 그가 어떤 길과 장소를 거쳤는지는
시의 초반부가 잘 보여준다. "율어, 겸백, 사람 이름 같은
지명들 통과했다"를 보라. 호명된 장소들은 전남 보성군
의 실제 지명이다. 그는 풍경의 탐색자라 해도 손색이 없
을 만큼, 숱한 "떠돌이의 편력"(남진우 해설, 「생을 가르
는 검劍」, ④)을 지니고 있다. 그가 통과한 장소들을 일
일이 살피는 일은 편력의 목록을 열람하는 데는 유용하
겠으나, 그 장소들을 통과할 때의 몸의 변화를 측정하는
데는 큰 도움이 되지 않는다. 그가 대지를 주유하는 이
유가 장소들의 세밀화를 그리는 데 있지 않기 때문이다.
따라서 눈을 기울일 것은 풍경들 낱낱의 이미지가 아니
라, 풍경들을 통과할 때 생기는 궤적들의 향배이다. "매
화 필 적,/당신의 매화필적을 따라 봄 산천을 헤매 다닌

다"(「매화필적」)에서 보듯, "당신의 매화필적"을 가늠하
는 것이 중요하다는 말이다. 고통의 순례자에게 필요한
것은 풍경과 지명 들의 세목이 아니라 어떤 "심연"이다.

"붉고, 푸르고, 희고, 검은 봄"은 "심연"의 색채를 다
채롭게 보여주고 있다. 그의 시에서 색의 확장, 곧 무채
색에서 유채색으로 스펙트럼이 넓어지는 과정을 살피는
것은 흥미로운 일임에 분명하다. 그러나 조금 전에 세
목들에 집중하지 않기로 했으므로 이에 대해서는 자세
히 살피지 않겠다. 다만, 다양한 색의 파장들이 어둠이라
는 기저 물질을 드러내는 데 이바지하고 있다는 것 정도
는 말해두어야겠다. 위의 시에서 풍경의 다채로운 색과
시적 주체의 기분이 서로 엇나가는 사정도 이와 관련 있
다. 예컨대, "미열"과 '현기증'은 찬란한 "봄"과의 교분
의 결과가 아니라, "봄"에 당도하기까지 그가 통과한 풍
경들과 지명들이 일으킨 파동의 결과물이다. "나를 뚫고
지나가는 풍경들이 또 나를 앓고 있는 길 위, 몸에 미열
이 인다"(「구름 저편에」, ④)는 이러한 사실을 보충한다.
이는 풍경들을 통과할 때 몸의 조직에 미세한 변화가 일
어남을 암시한다.

마지막 행의 "나는 항상 먼저 도착했다"의 의미는 두
가지로 추정할 수 있다. 첫째, "검은 봄"에 당도했지만,
그 "봄"은 내가 열망하던 봄이 아니었다는 뜻. 이 경우
"나"보다 늦는 것은 "봄"이다. 둘째, "검은 봄"에 당도했

지만, 누군가는 오지 않는다는 뜻. 이 경우, "나"보다 늦는 것은 "검은 봄"이 아니라 기다리는 대상 또는 사람이다. 양자는 만남이 불발되었다는 점에서는 매한가지다. 이렇게 말할 수도 있다, "검은 봄"에 대한 "집요한 마음"(「정원」) 때문에 "봄"(과)의 만남이 불발이라고. 따라서 "미열"과 '어지러움'은 "검은 봄"으로 호명된 "심연"으로 다가가는 자의 몸에 나타나는 증상들로 간주할 수 있다. 증상의 정도는 "심연"과의 거리를 함축하는데, 갈수록 깊어진다고 해도 무방하다.

> 밤의 호수는 숲과 나무와 둑을
> 정확하게 대칭으로 나눈다
> 불빛만은 더 길게 늘어 당기고 있다
> 자욱한 안개마저 반으로 분할한다
>
> 호수의 한가운데 있는 섬은
> 낮에는 얌전히 떠 있어 무슨 생각에 골몰한지
> 짐작할 수 없지만 밤엔
> 커다란 한 마리 물고기가 되어
> 컴컴한 입을 벌리고 어딘가로 가려 하고 있다
>
> 불빛을 뿌옇게 풀어놓고 밤안개는
> 다시 숲속을 파고든다

번개가 물속을 훑고 지나갈 때

오래전에 가라앉은 것들의 침묵이 잠시 솟구쳤으나
이내 고요해졌다

밤의 호수 곳곳에서 완벽한 세포분열이 일어난다
그 중앙의 경계는 호수 면이다
호수가 만들어낸 기하학무늬를 달빛이
오래 비추던 날이 있었다

밤의 호수에서 그림자는 몸이 되어버린다

— 「밤의 호수」 전문

"밤의 호수"는 대지의 심연이라 할 만하다. 거기에서
벌어지는 일을 자세히 목도하면 어둠의 영역에 좀더 가
까이 다가갈 수 있을지 모른다. "밤의 호수"가 이루는
"대칭"의 세계와 그 "기하학무늬"는 그곳이 어떤 "결계
지"(「연두의 회유」)임을 암시한다. 이 차가운 "대칭"의
세계에서 우리가 주목할 것은, 양자의 경계면에서 개시
되는 틈입과 통과의 시간이다. 그러니까 "번개가 물속을
훑고 지나갈 때"와, 호수에 갇힌 "섬"이 "한 마리 물고기
가 되어/컴컴한 입을 벌리고 어딘가로 가려 하고 있다"
는 그러한 틈입의 기미를 보여준다. "인간은 물고기와

새의 운명이 반반"이라는 『기억의 행성』의 「시인이 말」이 다른 방식으로 표현된 셈이다. "밤의 호수"를 통과하는 빛("번개")이 "결계지"에 어떤 변화를 초래하는지는 "오래전에 가라앉은 것들의 침묵이 잠시 솟구쳤으나/이내 고요해졌다"가 암시적으로 보여주고 있다. 그것은 오랫동안 "밤의 호수"가 삼킨 것들의 전언, 말하자면 침묵의 파동일 텐데, 문제는 결계를 돌파할 만큼 그 파동이 강하지 않다는 데에 있다. "이내 고요해졌다"가 이를 보여준다.

그러나 표면의 "고요"가 "밤의 호수" 내부에서의 고요를 뜻하지는 않는다. "완벽한 세포분열이 일어난다"가 명시하듯, 내부에서는 "침묵"의 세포들이 다발적으로 증식하고 있음을 알 수 있다. "달빛"이 비추는 게 바로 "침묵"이 들끓는 소리, 곧 "심연" 속 "어둠"의 발화들일 것이다. 이런 소리들을 뭐라 칭해야 할지 아직은 불분명하다. 형적 없는 그림자가 육화되는 순간에 어떤 탄생의 소리가 들릴지는 더욱 미궁이다. 만약, 지금 그가 있는 곳이 이러한 결계의 풍경 안쪽이라면, 거기서 그는 풍경들 속 "어둠"에게 말을 건네며 귀를 기울이고 있을지도 모르겠다. "풍경은 무수한 말들을 뿜어낸다"(「시인의 말」, ②)는 말을 들어보라. 그는 "검은 봄"을 보는 자이며 "그림자"의 소리를 듣는 자이다.

저 검은 거울 아래 무엇이 있는지 알 수 없다
고랭이 부들 골풀과 수향목을 비추고 있는 대낮의 어둠
이다 맑고 무서운 검은색이다

연못가에서 멀찍이 서서 흑경에 비추인 물풀을 바라본다
물풀이 정밀하게 새겨진 흑경의 표면을

검은 거울은 대리석처럼 빛난다

거울 속의 어둠이 내장하고 있는 것들은,
무엇이든 파국을 예감하는 자의 두려움이 얼마나 깊은
연못을 만드는 것인지 저 검은 거울의 싸늘한 고요함은
내게 어루만지듯 말해주고 싶어 한다

치자꽃 근처 고침단금은 아름답지도 쓸쓸하지도 않구나

치자향 어른거리는 창 앞 물뿌리개의 물방울이 흩어질
때마다 치자꽃 봉오리가 목을 떨구는
어스레한 저녁이 자꾸 나타나고 사라지고

머뭇거리는 자는 흑경을 부수고 뛰어들 수 없으니

이제는 향기롭지도 어지럽지도 않은

시간을 맞이하는 것이다

연못을 떠나면 천문대의 어두운 밤하늘을 보러 갈 것이다
어둠으로, 어둠으로 밝은 어둠으로 가려 한다
　이것이 오늘 하루 내 마음을 지키는 방법이라고 자꾸
뒤를 돌아보며
——「검은 연못」 전문

　"검은 거울"과 "흑경"은 "검은 연못"의 다른 이름이
다. "검은 연못"으로 대표되는 "어둠"에 대한 그의 집중
은 오래되었다. "움푹한 어둠이 입 벌리고 있는 곳"(「저
수지」, ②)에서 발원하여, "검은 내, 黑河"(「검은 담즙」,
④)로 흐르다가 "우묵하고 검은 숨구멍을/가끔 들썩
이"(「숨구멍」, ④)며 제 존재를 드러내는 "어둠"들이 있
다. 그가 통과한 장소와 지명 들의 세목을 살피지 않았
듯, "어둠"의 존재들의 세목을 나열할 필요는 없어 보인
다. 알아야 할 것은 "어둠"이 빛의 부재가 아니라는 사실
이다. 그는 이미 "태초에 어둠이 있었다"라고 선언한 바
있다. 그리고 이내 태초의 "하루"가 어떻게 개시되었는
지를 규정하고 있다("어둠의 세계에 빛이 침입했다 사
라지는 걸/우리는 하루라 부른다", 「붉은 시편」, ③). 이
런 규정들은 믿을 만한가? 그렇다. 그가 "삼천 개의 뼈
를 움직여"(「시인의 말」, ③) 기록한 염결廉潔의 말이기

때문이다. 창세기가 그러했다면, 별의 자식인 지구도, 그리고 거기에 깃들어 사는 대지의 생명들도 모두 그러할 것이다. 몸은 왜 아니겠는가?

이때 더 살펴야 할 것은 "검은 어둠"에 대한 "몸"의 반응, 곧 "맑고 무서운 검은색"에 나타난 "맑고"와 "무서운" 사이의 거리이다. "맑고"가 지닌 순도 높은 투명성과 "무서운"이 주는 정서 사이에는 간극이 있다. 우리는 그 단초를 「黑」(③)의 일절, "삶과 죽음이 마주 보고 있는 검은빛의 유전자에는 잠과 물이 들어 있다/부드럽고 따스한 검은빛은/눈이 부시다"와의 대비에서 발견할 수 있다. "부드럽고 따스한 검은빛"과 "무서운 검은색" 사이의 차이는 적지 않다. 이러한 차이는 "무엇이든 파국을 예감하는 자의 두려움"이 강화되었음을 뜻하는가? 그렇기도 하고 아니기도 하다. 불안과 공포는 "파국"을 방지하려는 몸의 방어 체계가 작동하고 있음을 보여주지만, "어둠으로" 뛰어들려는 자의 충동 또한 강화시키기 때문이다.

그러므로 "무서운 검은색"에 대한 공포를 "어둠"의 부정으로 간주할 수는 없다. 그의 시에서 이러한 해석은 유효하지 않은데, 시의 가장 어둡게 빛나는 부분을 곡해할 위험이 있기 때문이다. 다시 말해, 마지막 연에서 그는 "밝은 어둠"으로의 지향이 "내 마음을 지키는 방법"임을 분명히 했다. 이 완강한 선택은 "무서운 검은색"에서 벗어나는 일이 "검은색"으로부터의 탈주가 아니라, 불안과 공포로부터의 탈주임을 암시적으로 보여준다. 그의 시적 사유는 어둠과 밝음의 이분법을 따르지 않는다. 그러니 우리의 여정은 좀더 깊은 "어둠으로, 어둠으로 밝은 어둠으로" 향해야 한다. "검은 연못"에서 "천문대"로의 여정은 "밝은 어둠"을 좇는 자의 다음 차례일 것이다.

3. 알비레오 관측소에서

「알비레오 관측소」에 이르러 우리는 그의 일곱번째 시집 『당신의 아름다움』의 본령에 들게 된다. 대지의 순례가 우주적 공간으로 확장된다는 것은 의미심장하다. 이전의 시편들에서도 우주적 순례의 단초들이 잠깐씩 빛을 발할 때가 있었지만, 이번 시집에서만큼 어둠 속에서 환한 빛을 발한 적은 없다. 확실히 "알비레오 관측소"는 "기억의 행성"을 통과한 자들에게 개시되는 공간인 것처럼 보인다. 그 차이를 알기 위해서라면 조선 초기의 '천상열차분야지도'의 시적 판각인 「천상열차분야지도」(③)를 살피는 일도 마다할 수 없다.

天象列次分野之圖, 오래전 천체의 궤도는 이 돌의 거대

한 둥근 원 안에 굳어버렸다

해와 달과 천상의 모든 별자리들이

이 검은 대리석 안으로 걸어 들어갔다

어둠 속에서 무덤을 지키고 있는 묘석들처럼

오래 침묵을 삼켰다

별자리를 이은 선들은 부적처럼 어둠의 수면에 빛나는
길들을 이어놓았다

입김을 불어넣어 검은 대리석 안의 별들을 조심조심 불
러내면

밤하늘이 서서히 움직이는 소릴 들을 수 있다

은하수에서 흘러나오는 천상의 음악을 들을 수도 있다

하늘은 글자 없는 경전을 펼쳐 보인다

그걸 읽다 보면 주문처럼,

별들이 몸에 와 박힐 것이다

누구도 이 검은 대리석 경전을 다 읽을 수는 없다

　　　　　　　　　　　—「천상열차분야지도」전문

　"천상열차분야지도"가 아름다운 까닭은 "해와 달과
천상의 모든 별자리들"이 오롯이 새겨져 있기 때문일 것
이다. 허나 "별자리들"의 채록이라는 이유만으로는 이
지도의 아름다움을 남김없이 설명하지는 못한다. 관건
은 "검은 대리석"에서 "침묵"을 지키고 있던 "별자리들"
이 어떻게 차가운 경계를 뚫고 빛을 발하느냐를 이해하

는 데 있다. "검은 대리석"이라는 견고한 어둠 속에서 빛을 잃지 않고, 깊은 "침묵" 속에서도 언어를 상실하지 않은 연유를 이해하는 것, 이것이 이 지도의 비의를 밝히는 길이다.

시에서 유달리 눈에 띄는 것은 "입김"이다. "입김을 불어넣"는 행위는 "별자리들"의 운행을 재개하기 위한 주술적 행위라고 할 수 있다. 간절함의 측면에서 본다면, '언 별'을 녹이는 마음은 시인 정지용의 그것에 못지않다. 그러니 "별자리들"의 운행의 소리를 듣는 천운은 순례자의 몫이겠으나, "천상의 음악"을 "글자 없는 경전"으로 펼치는 재주는 온전히 시인의 것이다. "별들이 몸에 와 박힐 것"은 그러한 경이로운 순간을 예언한다. 그 순간은 무덤처럼 닫힌 두 존재의 거리가 무화되는 때이기도 하다. 단언컨대, 그는 온몸에 "별들"이 박힌 흔적을 화인火印처럼 지니고 있다.

그러나 이러한 경이는 역설적인 물음을 낳는다. 질문은 이렇다. 몸에 박힌 "별들"은 "검은 대리석"에 굳어버린 그것과 무엇이 다른가? 다르지 않다면, 몸의 어둠 속에 굳어버린 "별들"을 녹여줄 "입김"은 누구에게서 불어오는가? 이런 질문들은 '나비의 젖은 날개는 날개인가'(「날개의 무게」)의 다른 판본이다. 이번 시집에서 이 질문이 점하는 자리는 퍽 중요하다. 거기에 그간 응축되었던 어둠의 순례에 대한 사유가 이중으로 접혀 있기 때문이다. 몸과 살의 고통에 대한 체험은 어둠에 대한 인식으로 이어지고, 기억에 대한 회의를 거쳐 반복되는 생에 대한 인정으로 귀환하는 것처럼 보인다. 그러므로 마지막 행("누구도 이 검은 대리석 경전을 다 읽을 수는 없다")은 인간의 앎에 대한 회의와 "글자 없는 경전"의 무한함 두 가지로 읽힐 수 있다. 전자의 경우 '어둠'은 무명無明으로, 후자의 경우는 "환한 어둠"으로 해석된다. 둘 다 "어둠의 영역"이다.

여긴 아주 환한 어둠이다
조금 다른 곳으로 가볼까

천천히,
휘익

명왕성 탐사선 뉴호라이즌스호처럼 나도 9년 6개월을 날아서 걸어서 그곳으로 갈 수 있다면 수차례의 동면 과정을 거쳐 자다 깨다 하며 어둠이라는 심연에 다다를 수 있다면

당신은 명왕성보다 멀어야 하지 조금 더 멀어야 하지

누구도 당신의 아름다움을 훼손할 수 없다

아름다움의 영역에 별보다
죽은 자들이 더 많으면 곤란하다

빈 나뭇가지 위에 앉아 있는 까마귀들, 어둠 속 저수지
근처 폐사지의 삼층석탑, 차창으로 얼핏 보았던 과일을 감
싸고 있는 누런 종이들이 내뿜는 신비한 기운

이런 것들에 왜 잔혹한 아름다움을 느끼며 몸서리쳐야
하는지 슬픔이 왜 이토록 오래 나의 몸에 깃들어야 하는지
당신은 알고 있을 것만 같다

당신은 명왕성보다 멀어서 아름답고
나는 당신을 만날 수 없다

당신과 내가 이 영역에 함께 있다
　　　　　　　　　　　　　　　　　──「어둠의 영역」 전문

지금 그가 있는 곳은 "아주 환한 어둠"이다. 「검은 연
못」에서 밝힌 "밝은 어둠"이 이곳과 다르지 않다. 전술
했듯, '어두운 어둠'에서 "밝은 어둠"으로의 도정은 단
시간에 이뤄진 일이 아니다. 그러니 1연의 첫 행에는 얼
마나 오랜 시간이 함축되어 있을 것인가. 그는 「연두의

회유」에서 이 시간을 "여러 봄을 통과하며 내가 천천히 쓰다듬었던 서러운 빛들은 옅어지고 깊어지고 어른어른 흩어졌는데"로 표현한 바 있다. 그리고 「정원」에서도 "텅 빈 삶을 어찌 사느냐 물었다 이 집요한 마음이 열정임을 이해하기까지 아주 긴 시간이 필요했다"고 고백하고 있다.

따라서 "조금 다른 곳으로 가볼까"라는 제언에도 "어떤 다른 시간"(「불귀」)들이 농축되어 있을 것이 틀림없다. "9년 6개월"은 그러한 시간을 조금이나마 가늠케 한다. 우주의 시간 속에서 "9년 6개월"이 얼마나 긴 시간인지는 모르겠으나, 그 시간 내내 고독의 순례를 지속해야 한다는 것은 분명히 알겠다. "뉴호라이즌스호"의 탐사가 실증하듯, "조금 다른 곳"으로의 여정은 어둠 속에서의 외로움을 견디는 시간임에 분명하다. 그만큼 "당신"과의 만남은 요원한 일이다. 그러나 이런 물리적 거리가 "나"와 "당신"이 서로 다른 영역에 속함을 뜻하지는 않는다. 마지막 연의 "이 영역에 함께 있다"를 보라. "이 영역"이 "어둠의 영역"임은 분명해 보인다. 따라서 '지구'든 '명왕성'이든, 아니 그 너머의 공간이든 우리는 우주적 어둠의 영역에 부유하는 존재들로 간주된다. 「각자의 고독」은 더욱 그러하다.

컴컴한 임도 입구의 가장 어두운 곳에 서서 커다란 사

각형 모양의 페가수스를 찾는다 다음은 안드로메다, 페르세우스……

여기 올 때마다 별자리를 찾아 헤매었어도 여태 단정한 마음자리 한 칸 마련하지 못했다 자리라는 말에 과도하게 의미를 둔 탓이다

별의 자리를 찾아서 무얼 하겠는가 거긴 내가 앉을 수 없는 곳 생활이 기운다 두 페이지를 넘겨 쓴 노트의 텅 비어 있는 양면을 뒤늦게 발견하게 되었을 때

물고기자리를 만나야 좋다는데 가장 나중의, 남쪽의 물고기는 물이 말라 있을 것만 같다 그 물고기가 내 목을 축여줄 수 있다고 믿어야 하는데

나는 이제 모든 미래를 의심한다

자주 보는 별자리가 언어처럼 사고방식을 결정하는 걸까 이 암흑 속에서 오로지 살겠다는 것도 죽겠다는 것도 아닌 모호한 의지 하나로 살아가고 있는 우리는

전갈자리는 나를 어떻게 결정하는 걸까

어느 방향으로 움직일지 선택도 하기 전에 자신의 최종 목적지를 결정해야 하는 빛처럼, 외로이 매 순간의 결단을 믿으며

미래를 의심하느라 현재를 탕진하고, 암흑 속의 외로운 한 점 얼룩 지구에서 먼지처럼 발버둥치며 천 억 개 이상의 신경세포를 가진 외롭지 않은 우리는

                                              ─「각자의 고독」 전문

별자리가 구원의 상징일 수 있을까? 그럴 수 있다. 특별히 지상의 삶이 슬픔과 고통으로 충만할 때, 천상의 성좌들은 새로운 삶에 대한 열망으로 빛을 발할 수도 있겠다. 그러나 이는 "집요한 마음"(「정원」)의 열망이 어둠 속 별들의 고유성을 망각할 때 가능한 일이다. 구원으로서의 성좌는 인간 시선의 한계, 즉 서로 다른 시공간을 검은 2차원의 평면에 각인해야 한다는 한계를 인정할 때만 성립할 수 있다. 2연은 이러한 오류를 "자리라는 말에 과도하게 의미를 둔 탓"으로 설명한다. 그렇다. "단정한 마음자리 한 칸"은 공간적 점유와 같은 "자리"로 간주되어서는 안 된다.

"별의 자리를 찾아서 무얼 하겠는가 거긴 내가 앉을 수 없는 곳"은 이러한 깨달음의 결과를 표명한다. 이러한 자각으로부터 소위 별자리에 의한 결정과 예언이 해

산된다. 이로써 당장 빛나는 것은 별의 고유성이지만, 오래도록 지속하는 것은 "미래"의 결정 불가능성이다. 핵심은 "매 순간의 결단"에 있다. "지구"가 그러하고, "우리"가 그러하다. "천 억 개 이상의 신경세포"로 이루어진 우리는 "매 순간의 결단"에 의해 미래가 결정되는 존재들이기 때문이다. 칼 세이건이 우주에서 본 지구를 '창백한 푸른 점pale blue dot'으로 명명했을 때, 그것은 우주의 창대함과 인간의 나약함을 유별나게 강조하기 위함만은 아닌 것 같다. 문제는 "각자의 고독" 속에서 우리가 어떤 선택을 할 것이냐에 달려 있다. 그는 남십자성으로의 여정을 선택한다.

  알비레오 관측소에 가서 별을 보고 싶은 두통이 심한 밤이다

  거문고자리의 별을 이어보면 이상하게도 물고기가 나타나는 것처럼
  지금의 나를 지난 시간의 어느 때와 이어보면 내가 아닌 다른 사람이 나타난다

  그걸 보려면 더 멀리 바깥으로 나가야 한다
  그렇게 멀리 갔다 되돌아와도 여전히 나일 수 있을까

지금은 단지 고열에 시달리고 있고 생의 확고부동과 지루함에 몸져누웠을 뿐이다

입술이 갈라 터진 것뿐인데 아는 말을 반쯤 잃어버린 것 같다
아무래도 좀더 먼 곳에서, 거문고자리의 물고기를 발견하듯 이 두통을 관찰할 필요가 있다

일치하기 힘든 몸이고 살이다
알비레오 관측소까지 가야만 하는 고단한 생이다

아주 멀지는 않다, 두어 번 더 입술이 터지고 신열을 앓다 봄의 꽃잎처럼 아주 가벼워지면 될 것을

몸이 돌이킬 수 없는 어떤 다른 자리로 가버릴 수도 있다
살이 기억을 야금야금 잡아먹는다

나는 여기서 지난 슬픔을 예견하고 다가올 사건을 복기해보며 내게 주어진 고통과 대면하겠다

모든 통증은 제각기 고유하다 백조가 물 위를 날아가듯 천천히 여기, 이 자리에서 회복되고 싶다
—「알비레오 관측소」 전문

먼저, 알비레오albireo는 백조자리(북십자성)의 머리 부분에 해당하는 별임을 말해야겠다. 알비레오는 하나처럼 보이지만 실은 쌍성binary stars이다. "알비레오 관측소"는 이 별에서 이름을 따왔지만, 실재하는 장소는 아니다. 그것은 『은하철도 999』의 모태가 된 미야자와 겐지의 소설 『은하철도의 밤』에 나오는 장소의 이름이다. 이 소설은 '조반니'와 '캄파넬라'의 은하 여정(북십자성에서 남십자성으로 여정)을 담고 있는데, "알비레오 관측소"는 바로 이 은하 여정의 출발지다. 이런 맥락에서 「알비레오 관측소」는 『은하철도의 밤』과 쌍성의 관계에 있다고 할 수 있다.

시인은 왜 지상의 어느 장소, 예컨대 "임도"(「각자의 고독」)가 아닌 천상의 "알비레오 관측소"에 가려 하는가? 그건 뒤에서 밝힐 일이지만, 우선은 불일치하는 두 세계가 결속되어 있는 이유를 알기 위함이라고 말해두자. 다시 말해, 쌍성인 알비레오에서 "지금의 나"가 "내가 아닌 다른 사람"으로 전이되는 이유를 확인하고 싶은 것이다. 여기서 걸림돌은 거기까지 갈 수 있느냐의 문제가 아니라, 그 이후의 "나"가 "지금의 나"와 온전히 같을 것이냐는 회의와 불안의 마음이다. 그 마음은 다음과 같은 것을 암시한다. 소설에서 귀환한 '조반니'가 '캄파넬라'의 죽음을 통해 은하 여정의 의미를 알게 되듯, "알비레오 관측소"로 떠나는 그의 여정은 "고단한 생"의 확증으로 끝날 것이다. 그렇다면 "일치하기 힘든 몸이고 살"은 어떻게 되는가?

"일치하기 힘든 몸"과 살에 대한 인정은 숱한 부정 속에서도 지속되어 온 고통 어린 결과라는 점에서 절절하다. 초기 시편들을 보라. "삶이 이다지 生生한데/통증이 이리도 生生한데"(「푸른 창문들」, ③)는 고통 어린 삶의 직접성과 그로부터 벗어나지 못하는 삶에 대한 연민과 부정의 시선을 잘 보여준다. "몸이 돌이킬 수 없는 어떤 다른 자리"를 염두에 두는 까닭이 이와 멀지 않다. 고통이 몸의 "주인"이 되었을 때, 그러한 삶에 대한 거부는 자연스러운 일처럼 보인다. 마치 "살이 기억을 야금야금 잡아먹는다"는 말처럼, 고통의 몸은 "기억"을 송두리째 도살屠殺하려는 듯하다. 살煞이라는 의미도 마찬가지다. 형적 없는 몸으로서의 살도 예외는 아니다. "빗살, 물살, 빛살, 문살 다 살이 없다/죽음은 살과 친근하다"(「물속의 나무」)에서 보듯, "살"은 처음부터 죽음과 연결되어 있었다.

그러나 "일치하기 힘든 몸이고 살"에 대한 인정이 공포에 사로잡힌 자의 회피로 간주되어서는 안 된다. 마지막 두 연은 이를 담담하게 기술하고 있다. "나는 여기서 지난 슬픔을 예견하고 다가올 사건을 복기해보며 내게 주어진 고통과 대면하겠다"는 선언에서, 당장에 눈에 띄는 것은 "대면하겠다"에 함축된 강력한 어조이지만, 오래 지속되는 것은 "여기서" 반복되는 슬픔을 "복기"하겠다는 차분함이다. "지난 슬픔을 예견하고 다가올 사건을 복기"하겠다는 역설적 표현은, 반복되는 슬픔과 고통의 삶을 운명으로 받아들였을 때 가능하다. "모든 통증은 제각기 고유하다"는 인정, 이것은 고통에 대한 극복과 굴복 사이에 자리한다. 거기서 마지막 연의 "여기, 이 자리에서 회복되고 싶다"는 마음이 부상한다.

4. 당신, 의심과 반복의 세계에서

그러니, 이제는 묻지 않을 수 없다. "당신"은 누구인가? 우리는 지금까지 공간의 층위에서 "당신"과 "나"의 관계를 살펴보았다. "당신"은 아름다움이라는 강력한 중력으로 "나"를 끌어당기는 존재이고, "나"는 "토성의 고리"(「토성의 고리」)처럼 그 주위를 순환하는 존재다. 후자의 비유는 약간 수정될 필요가 있겠다. 앞서 보았듯, 둘은 하나의 영역, 곧 어둠의 영역에서 일정한 거리를 유지한 채 서로의 주위를 순환하는 존재이기 때문이다. 이것이 쌍성의 함의다. 우리는 이를 알비레오 관측소에서 확인한 바 있다. 허나 그곳에서 "당신의 거처"(「당신의 거처」, ⑥)는 묘연하여 더는 다가갈 수 없었음을 고백

하지 않을 수 없다. 그래서 "당신"은 '무명無名'이다. 아
프지만, 죽음의 순간에도 여일하다.

　　빈소에서 지는 해를 바라본 것 같다
　　며칠간 그곳을 떠나지 않은 듯하다

　　마지막으로
　　읽지 못할 긴 편지를 쓴 것도 같다

　　나는 당신의 얼굴을 오래 바라보았다

　　천천히
　　멱목을 덮었다

　　지금 내 눈앞에 아무것도 없다

　　당신의 길고 따뜻했던 손가락을 느끼며
　　잡고 있다

　　우리의 마음은 얼마나 깨지기 쉬운 것이었으며 우리의
다짐은 얼마나 위태로웠으며 우리에게 허락된 시간은 얼
마나 초라했는지

푸르고 창백하고 연약한 이곳에서

당신과 나를 위해 만들어진 짧은 세계를
의심하느라

나는 아직 혼자다

──「푸르고 창백하고 연약한」 전문

  "당신"이 안장되어 있는 "빈소"는 이별의 장소다. 이
별은 눈을 가리는 행위, 곧 망자의 면목面目을 덮는 '멱
목幎目'에 의해 돌이킬 수 없는 것이 되었다. 그러니 "천
천히/멱목을 덮었다"는 문장은 결연하다. "당신의 얼굴"
을 더 이상 볼 수 없을뿐더러, "당신"의 세계가 '어둠의
영역'에 귀속되었음을 예고하기 때문이다. 따라서 "지금
내 눈앞에 아무것도 없다"는 말은 "멱목"에 의해 하나의
세계가 어둠 속에 봉인되었음을, 곧 무명無明의 순간을
선고한다.
  그러나 기이하게도 이 문장은 "멱목"을 덮음으로써
사라지는 것이 다름 아니라 "나"임을 보여주는 듯도 하
다. 이는 착시에 의한 맹목인가? 허나 "능우헌"에서의
"두꺼운 삼베로 된 긴 치마"(「삼베옷을 입은 自畵像」,
③)를 아직 잊지 않았다면, 그리고 "나를 꽁꽁 묶어다
오/皐復일랑 하지 말아다오"(「終生記」, ③)라는 단말마

해설 | 당분간, 그 누구라도 145

의 부탁을 허투루 듣지 않았다면, "먹묵"을 덮음으로써 사라지는 것이 "나"와 '나의 세계'가 아닐 이유도 없다. "먹묵"을 덮는 일은 "당신"을 어둠 속에 봉인하는 일이지만, 그의 어둠을 우리의 내부에 들이는 일이기도 하다는 것, 이는 "당신"이 "나"의 이명異名일 가능성을 암시한다.

따라서 "헛되이 나는 너의 얼굴을 보려 수많은 생을 헤매었다"(「헛되이 나는」, ⑤)는 각성은 통렬하다. 그것은 여기에 한발 늦게 당도한 자의 비애, 아니 "당신"이 한발 앞서 떠났음을 깨달은 자의 탄식이다. 이 시에서 진짜 놀라운 것은 그런 비애와 탄식 이후에 몸의 접촉이 있다는 사실이다. "당신"과의 접촉은 "당신의 길고 따뜻했던 손가락"을 잡는 일이지만, 실제 몸으로 전해지는 것은 침목枕木과 같은 차가움으로 추정된다. "하루쯤 지난 누군가의 손을 잡아보려 한 적 있다"(「흰색, 침묵」)는 고백은 이를 예증한다. 한편, "어둠"이 뚫고 지나간 자의 "손가락"은 우리에게 "푸르고 창백하고 연약한" 가능성의 세계를 개시한다. 「그날 저녁의 생각」을 보라. "주머니 속의 공간"에서 "손"을 나누었던 기억을 돌이킬 것이다.

그렇다면, 어째서 "의심"은 방금 당도한 "당신과 나를 위해 만들어진 짧은 세계"를 취소시키는가? 의심은 의심하는 자의 자아를 각성시키지만, 의심받는 대상의 세계를 취소하기 때문이다. "아직 혼자"인 이유가 여기에 있다. 의심이 대상의 실재에 대한 확증이 아니라 의심하는 자의 확증으로 경사될 때, 회의懷疑는 절망적 심리 상태의 표출이 아니라 냉철한 각성 상태에서의 모색이라는 특질을 띤다. 데카르트는 'Cogito, ergo sum'을 도출하기 위해 무엇이든 속일 수 있는 '악마'를 가정하고, 이로부터 '의심할 수 없는 자아'의 확고부동한 세계를 연역해냈다. 그러나 이 말이 그가 데카르트적 코기토를 반복한다는 뜻으로 오해돼서는 안 된다. 그가 "당신과 나를 위해 만들어진 짧은 세계"의 실재성을 의심함으로써 확증한 것은 다름 아니라 '고독'이기 때문이다. "지금 내 눈앞에 아무것도 없다"와 같은 '뒤틀린 시간'의 함의는 여기에 있다. "당신"과 "나"의 관계에서 뫼비우스의 띠처럼 '뒤틀린 시간'의 층위가 전면적으로 부상하는 때가 지금이다. 물론 이는 "정교한 시간 배치가 필요한 일"(「나의 다른 이름들」, ⑥)임에 틀림없겠다.

> 지구의 어딘가에서
> 나였던 누가 죽어가고 있는지 물어본다
> 몸 안에서 피가 줄줄 새고 있는 줄도 모르고,
> 의심도 없이
>
> ──「사랑의 비유」부분

"물어본다"와 "의심도 없이"의 대위는 "나"와 "나였던 누가"의 대위와 대칭을 이룬다. "당신"의 과거와 "나"의 현재의 대비 또한 마찬가지다. 이러한 대칭에서 선명해지는 것은 "피가 줄줄 새고 있는 줄" 모르는 자의 불투명성이다. 따라서 죽음의 진행 과정은 이중적이다. 자신인지도 모른 채 서로 마주 보며 서서히 죽어가는 두 개의 백색왜성white dwarf star을 상상해보라. 이러한 상상은 「그날 저녁의 생각」과 쌍성을 이루는 것처럼 보인다. "나는 당신의 거짓을 모른다 당신의 죽음을 모른다 저녁의 감정을 가장한 당신의 슬픔을 모른다 이 세계가 실재가 아님을 모른다"는 온전치 않은 "당신"을 온전히 보지 못하겠다는 마음을 표현한다. "당신"은 "온전하지 않고 사라지지도 않는 기억"이다.

여기서 온전하지 않은 질문 하나를 던져보자. 만약 "의심"을 그친다면 "나"는 "당신"과 함께 있을 수 있는 가? 확증하긴 어렵다. "사라지지도 않는 기억"의 비가역적인 사건들이 있기 때문이다. 지금이 "당신과 나를 위해 만들어진 짧은 세계"(「푸르고 창백하고 연약한」)의 실재성에 천착할 때라면, 이에 복무하기 위해서는 "나"와 "당신"의 관계에 대해 더 의심할 필요는 있겠다. 이는 순례의 여정에서 발견한 고독한 존재의 각성이 "당신"과의 관계에 어떤 변용을 초래할 것인지에 대한 질문과 통한다. 쌍성을 이루는 두 별이 힘겹게 서로를 지탱하며 흑색왜성black dwarf star으로 잔여의 빛을 잃는 광경을 보는 것은 고통스러운 일이다. 그 '작은 몸dwarf'의 빛이 온전히 어둠으로 흡입될 때 이 우주에는 어떤 변화가 생길 것인가? "나"와 "당신"의 시공간적 위상은 뒤틀린 채 반복되고 있다.

아무 일도 일어나지 않았는데 모든 일이 다 일어난 것 같다, 이렇게 하루를 요약해본다 우리에겐 은유가 절실하다 눈 밑에 검은색이 웅크리고 있다 오늘은 가득 차서 부푼 달, 윤달 구월, 다시 겨울이 온다 시간과 공간이 슬쩍 뒤섞인다

미혹과 깨달음을 끊임없이 반복한다 여름 가을 겨울이 쉼표도 없이 의문도 없이 차례로 밀려온다 어김없이 모든 것이 반복된다 눈이 오고 또 비가 내린다 어둠이 찾아왔다 물러난다 사람을 얻었다 잃는다 풀이 시든다 꽃이

피고 진다 이 지루하고 장엄한 우주적 반복에 안심이 된다 여기엔, 불안이 없다 여기엔, 그 누구라도 몸을 숨길 만하다

내가 살고 있는 이 행성에 겨울이 다시 찾아온다 당신은 어디에 있나 내가 이곳을 버리고 떠나기 전에 당신은 오지 않겠지 당신은 나를 찾아 수 세기를 떠돌겠지만 나는

이 자리에서 꼼짝도 하지 않고 나였던 당신을 기다릴 테다
내 앞만 뚫어지게 바라볼 테다

은목서에 꽃이 피려면 어떤 다른 시간이 필요하다

눈에 보이고 만져지는 이 모든 것이 금방 또 사라질 텐
데, 당신과 나는 자꾸 만나지 못하지 은목서꽃이 피어 만
나지 못하지 은목서 흰 향기가 당신 이름을 지나 머뭇머뭇
내게로 와도 우린 알지 못하지 기어코 알지 못하지 내 기
다림이 언젠가 이 어둠을 돌파할 수 있을 때까지

—「불귀」 전문

"어김없이 모든 것이 반복된다"는 문장이야말로, 그
의 많은 시편에서 어김없이 반복되는 말이다. 그만큼
"반복"에 대한 그의 사유를 요약한다고 해도 과언이 아
니다. "어김없이"라고 말하는 것도 어렵지만, "모든 것"
이라고 말하는 것은 더 어려운 일이다. 모든 것에 필연
적이라면, 그건 냉철한 시간의 보편적 원리에 대한 앎
을 가정하기 때문이다. 당연한 말이지만, 반복은 시간
을 전제한다. 착목할 것은 그의 시 세계에는 주기에 따
라 도드라지는 특정의 뒤틀린 시간이 존재한다는 사실
이다. 예컨대, 하루라는 반복 주기에서 절정인 때는 '밤'
의 시간이다. 계절의 주기에서 정점에 있는 것은 '봄'

의 시간이다. 태양계의 순환 주기에는 사로스Saros라는 '식蝕'의 시간이 있다. "몇 해마다 주기적으로 반복되는 꿈"(「미시未示」)과 같은 것도 있지만, 주기를 특정할 수 없는 반복적 시간도 존재한다. "미혹과 깨달음"의 반복이 그것이다. 인식론적 반복 주기는 '우주는 반복된다'는 원리의 자각과 망각에 의해 결정된다. 심지어 "반복"에 대한 그의 기억 역시 반복된다. "우주적 반복"은 여기게 값하는 말이다.

이런 "우주적 반복"에서 가장 장엄한 것을 꼽는다면, 그건 단연코 "나"와 "당신"의 반복이다. 거기에는 빛과 어둠, 삶과 죽음, 만남과 이별, 기억과 망각, 미혹과 깨달음과 같은 "반복되는 이 모든 것"(「미시未示」)들이 침잠되어 있기 때문이다. 비유컨대, "나"와 "당신"은 반복의 알비레오다. 이 말은 "나"와 "당신"이 "지루하고 장엄한 우주적 반복"의 질서와 무질서를 조망하는 관측소임을 의미한다. 따라서 렌즈의 초점은 양자의 관계의 차이와 변화에 맞춰져야 한다. 반복을 대하는 주체의 반응과 태도의 변화는, 「黑白」(⑤)의 비교에서 보듯, 반복에 대한 몸의 반응에 변화가 생겼음을 암시적으로 보여준다.

「불귀」의 반응("이 지루하고 장엄한 우주적 반복에 안심이 된다 여기엔, 불안이 없다")과 「黑白」의 그것("반복되는 삶이 지루하지 않고 무시무시하다")을 비교해보라. 「黑白」에서 그는 "가장 무서운 형벌은 반복을 반복하는 것"이라 선포하고, "당신과 내가 다음 생에도 무언가 이상한 일을 반복하리라는 것"을 예언한 바 있다. 이러한 차이는 어디에서 기인하는가? 다음과 같은 해석들이 가능하다. 첫째, 양자는 동일한 내용의 수사적 표현의 차이에 불과하다. 「불귀」의 '지루함'은 '비슷하다'를 뜻하고, 「黑白」의 '지루하지 않음'은 '따분하고 싫지 않음'의 의미로 이해할 수 있다. 그러나 이런 설명은 '안심'과 '무시무시함'의 차이에 대해서는 아무것도 말하지 않는다. 둘째, 「불귀」의 친근함과 「黑白」의 경외심은 대상의 차이에서 비롯한다. 다시 말해, 「불귀」는 "우주적 반복" 전반에 대한 것을, 「黑白」은 지상의 존재의 "반복되는 삶"에 대한 것을 지시하는 것이다. 이러한 설명은 「黑白」의 반복이 「불귀」의 반복에 포함된다는 것을 고려하지 않은 결과다.

그렇다면 이 순간 우리는 「黑白」의 "나"와 「불귀」의 "나" 사이에 뒤틀린 시간을 가정해야 하는가? 그렇다. 양자 역시 쌍성이다. 「黑白」은 "당신"과 "나"의 관계가 뒤틀린 시간 속에서 반복될 것임을 막 자각한 자의 반응이다. 「불귀」는 그러한 자각 이후, 반복을 대하는 주체의 대응 방식 가운데 하나이다. 달리 말해, 전자는 미래의 반복에 제 몸을 들이지 못한 자의 불안에서 비롯하지만, 후자는 그곳에 자신의 거처를 마련한 자의 안심에서 비롯한다. 문제는 미래의 반복의 은폐된 점유자("그 누구라도 몸을 숨길 만하다")의 권리가 존재하느냐는 것이다. 만약, 뒤틀린 시간의 구도에서 "당신"과 "나"의 관계가 반복될 것임을 아는 자가 있다면, 그는 대체 어떤 선택을 할 것인가?

그러니 "어떤 다른 시간"의 요청은 필연이다. 현재의 시간 속에서는 그 시간이 어떻게 다른지 알 수 없다. 초신성의 폭발 이전과 이후의 시간을 떠올리는 것은 어떤가. 블랙홀과 화이트홀 같은 미지의 영역을 떠올리는 것도 못 할 일은 아니다. 평행우주는 왜 아니겠는가. 시인이 "어떤 다른 시간"에 당도했는지 묻지 않을 수 없다.

창밖으로 자동차 소음이 끊임없이 들어오는 낯선 곳에서 나는 당신을 생각하지 않는다

잘 읽히지 않는 이 책의 한 페이지에서 여러 번 책장을 덮었다 다시 펼칠 때 나는 당신을 생각하지 않는다

들길을 걷다 노랑꽃창포와 골풀이 피어 있는 습지를 만나고 거기서 고라니가 뛰어나오는데 당신을 떠올릴 겨를이 없다

어떤 깊고 얕은 풍경 앞에서도 나는 당신을 떠올리지 않는다

이렇게 많은 것들이 온전히 다 나의 것이었다니

이제 나는 당신을 생각하지 않는다 당신을 생각하지 않으니 당신을 떠올리지 않아도 되는 한가함이 더해진다

당신을 생각하지 않자 새로운 일이 일어난다 당신을 생
각하지 않는 새로운 일과는 또 다른 새로움이 생겨난다

—「비가역」전문

사소한가? 그렇다. 짧은 시에서 "당신을 생각하지 않
는다"는 말이 반복될 뿐이라면 확실히 그렇다. 먼저, 이
말이 사실의 기술인지 욕망의 주술인지는 판별하기 쉽
지 않다. 후자라면, 이는 역설적이게도 여전히 "당신"에
게 강박되어 있음을 암시한다. 전자라면, "나"와 "당신"
의 관계에 어떤 변화가 생겼음을 가정할 수 있다. "당신
을 생각하지 않는다"의 변용인 "당신을 떠올리지 않는
다"는 이를 가늠할 시금석처럼 보인다. '생각하지 않음'
과 '떠올리지 않음'의 차이는 무엇인가? '떠올리다'가
'뜨다'와 '올리다'의 합성어라는 점을 고려할 때, 후자는
가라앉은 것의 부상을 전제한다. 이때 '생각하다'와 '떠
올리다'를 같은 의미로 간주하면, "당신"을 부상시키지
않는다는 뜻으로 해석할 수 있다. 이는 "당신"에 대한 태
도의 변화와 같은 관계의 변용을 함축한다. "겨를이 없
다"는 이를 보여준다. 요컨대, "당신을 생각하지 않는
다"는 말의 반복 속에서 서서히 부상하는 것이 있다.
　이로부터 "이렇게 많은 것들이 온전히 다 나의 것이
었다니"라는 탄성이 당도한다. 그가 "당신"의 몫으로 기
부한 "많은 것들"이 "당신을 떠올리지 않아도 되는 한가

함"으로 상환될 때, 놀랍게도 "당신을 생각하지 않는 새로운 일과는 또 다른 새로움"이 추가로 상환된다. 추가 상환된 "또 다른 새로움"은 불분명하다. 가장 먼저 "당신을 생각하지 않는" 일의 역, 곧 '당신을 생각한다'를 떠올릴 수 있겠다. 이 경우 반복의 구조가 강화된다. 이 때 "이렇게 많은 것들이 온전히 다 나의 것이었다"는 통찰은 '당신'에게도 재상환되어야 한다. 그러나 "비가역"이라는 제목은 이러한 해석을 처음부터 차단한다. 그럼 "또 다른 새로움"은 무엇을 의미하는가?

이쯤에서 한 가지 사실을 고백하지 않을 수 없다. 그건 『은하철도의 밤』의 '뒤틀린 시간'에 대한 것이다. '조반니'와 '캄파넬라'의 은하 여정 시간은 여행 이후의 현실의 시간과 두 번의 뒤틀린 관계에 있다. '조반니'의 입장에서 '캄파넬라'와의 은하 여정은 그를 죽음의 세계(남십자성)로 인도하는 길이다. 그는 이 기이한 여정의 의미를 나중에 깨닫는다. 그럼 '캄파넬라'의 입장에서 은하 여정의 의미는 무엇인가? 마치 순교자처럼 동행하는 '조반니'를 현실의 세계로 돌려보내는 것? 확정은 이르다. 지금 우리에게 필요한 건 "당분간"의 시간이다.

5. 당분간, 그 누구라도

우선, 두 편의 시가 있다. 하나는 "당신"을 위한 것이고, 다른 하나는 "나"를 위한 것이다. 전자는 "사랑"을 위함이 많고, 후자는 "죽음"을 위함이 많다. 양자는 서로 다른 시적 공간에 거주하나, 생의 현장에서 하나가 아니라고 말할 수 없다. 둘은 순교를 통한 삶에서 하나가 된다. 먼저,

아, 어쩌지 일기를 마저 없애버리는 걸 깜박했다 머리에서 끈적한 것이 흘러내리네 목은 아마 꺾어진 것 같은데 어쩌지 삭제하지 못한 최근의 문서들이 하필 이 순간에 떠오르다니

누가 그걸 읽으면 안 되는데, 다시 화면을 거꾸로 돌려 저 위로 획 날아오를 수 있다면 다 말끔하게 처리하고 올 텐데, 아 그나저나 누가 나를 빨리 발견이라도 하면 어쩌지

내가 보았던 죽은 사람들은 정말 죽었던 것일까 그들은 왜 내게 찾아와 아무 말 없이 어슬렁거리기만 하다 돌아간 걸까 나는 조용히 이대로 흔적 없이 사라지고 싶다

아, 누가 내 일기를 좀 불태워다오 빈틈없는 죽음이란 없는 거구나 허술한 죽음만이 죽음 같구나 아, 어쩌지 당신을 사랑한다는 말을 아직 하지 못하였다 나는 그 말을 너무 오래 아껴두었구나

그토록 오래 당신을 사랑했던 나를 이제야 이해하겠다 이제야 용서할 수 있겠다 그대가 누구인지 알기도 전부터 나는 그대를 사랑하기로 했구나 삶이여, 이제 나는 없다 그러니……

—「슬픔의 연대기」 전문

"빈틈없는 죽음"을 위한 분주가 "허술한 죽음"의 참담으로 기우는 것은, 곳곳에 묻어 있는 생의 "흔적"을 다 치우지 못했기 때문이 아니다. 그건 한마디 말, 곧 "당신을 사랑한다는 말"을 미처 하지 못했기 때문이다. 그 말을 그토록 오래 품고 있던 이유는 알 길이 없다. 어쩌면 그건 "묵은 연민 탓"(「사랑의 비유」)일지도 모를 일. 그러니 "이해"와 "용서"는 "당신"에서 비롯하지만 "나"를 위함이 많다. 이것은 그가 아주 오랫동안 "사랑"을 "이해"하지 못했고 "용서"하지 않았음을 암시한다. 하여, "삶"에 대한 부재의 선언은 막 고지되었지만, "사랑"에 대한 요구는 채 선포되지 않았다. 이것은 "사랑한다는 말"이 끝내 '말줄임표'의 어둠 속에 사라졌음을 보여주는가?

심연은 풍덩 바라보아야 하는 것일까
천천히 빠져들어야 하는 걸까

당신 없이 무척이나 고요한 하루다

영장류 인간의 고독을 신은 감히 이해하지 못한다 먹먹
한 겨울 아침이 으스스 수 세기 동안 계속된다

당신이 누구인지 이제는 알기 어렵다

시는 그가 누구라도 순교자가 되기를
바라지 않는다 했지만

당신이 누구라도 내 존재를 바꾸지 못한다 슬픔은 나의
일관성을 지켜준다

나는 이 세계의 불화와 늘 조화롭게 잘 지내고 있다

마음 둘 데 없는 하루는
달까지 연장되곤 한다

나의 일관성은 나를 지켜주지 못한다
                                        —「일관성」전문

심연 같은 질문에서 시가 시작되었다. "심연"에 참여
하는 두 가지 방식은 '눈'과 '몸'이 어둠에 참여하는 방식으로 볼 수 있다. 그 차이에 대해서는 재론하지 않는 게 좋겠다. 「밤의 호수」와 「검은 연못」에서 암시되었고, 「알비레오 관측소」에서 관측되었기 때문이다. "당신"의 부재가 산출하는 "고요한 하루"와 "마음 둘 데 없는 하루"의 차이도 마찬가지다. 의심과 반복 속에서 '뒤틀린 시간'이 우리의 마음에 어떤 작용을 하는지 얼핏 보았기 때문이다.

「일관성」에서 살펴야 할 것은 '당신의 부재'에 아랑곳하지 않는 "인간의 고독"이다. "당신이 누구인지 이제는 알기 어렵다"는 고백은 "나"의 내부에 "당신"이 놓인 자리를 확정하지 않겠다는 뜻으로 읽힌다. 이로부터 부상하는 것은 "당신"의 능력에 대한 의심이 아니라 "나의 일관성"에 대한 확신이다. 이건 자기 자신을 "당신"의 영역에서 "슬픔"의 영역으로 이주시켰음을 의미한다. 이로써 "이 세계의 불화"에 거주하는 "나"에 대한 확신에 도달한 듯하다. 문제는 이러한 이주가 과도한 비용을 청구한다는 데에 있다. 즉 "나"의 부재. "슬픔"이 지켜주는 "나의 일관성"은 그 대가로 "나"를 요구하고 있다. 이런 의미에서 "나의 일관성"은 지켜진 것이기도 하고 지켜지지 않은 것이기도 하다. 후자의 경우 "슬픔"이 "나"의 것이 아니게 되기 때문이다. 이 지독한 역설에 마주한다면, 우리는 비로소 "시"가 바라지 않았던 한 단어, "순교자"에 도달하게 된다. 사실 이 단어는, 은하 여정의 마지

막 종착지인 남십자성처럼 「일관성」이라는 어둠 속에서
계속 빛을 발하고 있었던 것인지도 모르겠다.

　지루하고 괴로운 삶이 지속된다
　집요하게 너는 생의 괴로움에 집중하고 있다

　생의 아름다움에 완전히 미혹당했던 적 있었다
　주전자의 뜨거운 물이 손등에 바로 쏟아지듯 고통과 환
희를 느끼며 펄펄 뛰었다

　여긴 생이라는 현장이다
　이렇게 생생하므로 다른 곳일 수 없다

　무서운 집중 앞에 미망과 무명이 사나운 개의 이빨 앞
에 선 어린아이처럼 뒤로 물러나기를 바란다
　통쾌하다 비명을 지를수록 생은 더욱 싱싱해지고, 생생
해지고

　지루한 열정이 나를 지치게 한다
　이 괴로움은 완벽하게 독자적이고 완벽하게 물질적이다

　누구나 완벽하게 평화롭기는 어렵다 그래도
　생의 괴로움에만 집중하는 순교자가 되고 싶다 아름답

고 끔찍한 삶이 당분간 지속된다

──「당분간」 전문

　"주전자의 뜨거운 물이 손등에 바로 쏟아지듯 고통과 환희를 느끼"던 시간에 비하면 지금의 시간은 적요한 것처럼 보인다. 그러나 이러한 대비는 "지루하고 괴로운 삶"의 역설을 잘못 설명하고 있다. "생이라는 현장"에는 역설처럼 보이는 몸과 마음이 같이 있지 않은가. 공간과 시간의 뒤틀림이 그러하다. "미망과 무명"은 말할 필요도 없다. 그는 이를 "지루한 열정" 때문에 피폐된 몸과 마음의 고뇌라 부르고 있다. "완벽하게 독자적이고 완벽하게 물질적"인 "괴로움"이 부상하는 순간이다. 두 번의 "완벽"은 "괴로움"을 철저히 "나"의 영역에 묶어두려는 듯하다. 문제는 "생의 괴로움에만 집중하는" 그의 선택이 "순교자"라는 이름을 얻을 때다. 순교殉教가 신념과 믿음을 전제한다면, "순교자"가 지켜야 할 것이 무엇이냐는 질문은 자연스럽다. 이때 '괴로움의 순교자'는 불투명한 대답이다. 고통에 집중하는 것이 고통을 위한 것인지 아닌지가 불분명하기 때문이다. 아무래도 초기 시 한 편을 더 인용해야겠다.

　　그것은 나의 귀로 들어와
　　내 눈을 흐리게 해놓고

가슴 한쪽을 지그시 눌렀다

옷을 벗으면 몸의 여기저기에 묻어 있는

더러운 자국들,

말들이 달라붙어 나를 더럽힌다

[……]

눈을 뜨면 기다렸다 목을 조르는

내가 쓰고

사람들이 쓰는

나를 더럽히는

말,

죽은 듯 누워 있다고 용서가 될까

— 「순교자」(②) 부분

『일만 마리 물고기가 山을 날아오르다』에 이미 "순교자"가 존재하고 있었다는 사실은 놀라운 일이다. 이것은 반복인가? 그렇다. 이것은 변화인가? 그렇다. 양자는 쌍성인가? 그렇다. "순교자"라는 말에서 부상하는 것이 "말"과 '시'이기 때문이다. 「순교자」와 「당분간」에서 순교의 함의는 다소간의 차이를 보인다. 전자는, "죽은 듯 누워 있다고 용서가 될까"에서 드러나듯, "나를 더럽히는/말"은 용서받지 못한다는 뉘앙스를 지니고 있다. 이

162

에 비해, 후자에서의 순교는 "생의 괴로움에만 집중하는" 이후의 시간에 탄생하는 "시"를 잉태한다. 「슬픔의 연대기」에서 보았듯, "용서"의 마음을 포함하기 때문이다. 그러니 "나를 더럽히는/말"을 "용서"하는 시인의 시간은 "아름답고 끔찍한 삶"이다.

결단코, "당분간"의 시간이 얼마큼인지 가늠하기 어렵다. 다만, "당분간" "시"가 천천히 부상할 것은 분명하다. "당분간" 그러할 것이다. 그리하여 "당분간"은 일곱 번째 시집 『당신의 아름다움』을 통과할 것이다. 그가 북십자성에서 남십자성에 이르는 우주의 시간을 지났듯, 그리하여 "당신"과 함께 소멸의 시간을 온몸으로 거쳤듯, 새로운 "말"이 다시 태어나기 위해서라면 그만큼의 시간이 또 필요할 것이다. "시"의 탄생이 그렇다. 그러니 그 순간을 기다리며 "나"는 "당분간" 어디에 있을 것인가? 묘연하다.

*

당분간은 "시"를 보지 못할 것 같다. 이는 '당신'을 위함이 아니라 '나'를 위함이 많다. 그러니 부디, "아름답고 끔찍한 삶"이 천천히 지속되길, 당분간 그 누구라도……